검신의 바람

검신의 바람

이웅 지음

채움

목차

제1장 / 고대 일본의 검신 · 7

제2장 / 신궁을 찾아서 · 25

제3장 / 생명의 은인 · 55

제4장 / 조선으로 · 75

제5장 / 지옥의 통과제의 · 119

제6장 / 평화와 화해 · 151

| 제1장 |

고대 일본의 검신

신검의 전설

신풍(神風)의 검이 신궁에 극비에 보관되어 있다. 이 검을 얻는 자는 검신의 신력을 쓸 수 있다는 전설이 이어져 왔다. 영웅의 출현을 두려워 한 일본 황실은 이를 극비에 붙이고 봉인한다. 그러나 그 비밀이 바깥에 알려지고, 쟁쟁한 무사들이 신검을 차지하기 위해 신궁으로 몰려든다.

때는 서기 1623년 에도막부.

"쇼군, 세간에서 소문이 들리고 있습니다."
"허허 어떤 소문이더냐?"
"신검에 대한 이야기 입니다."
"허허 신검이라…?"

"고대 일본으로부터 전해져 내려오는 신궁의 비밀말입니다."

"나도 예전부터 부친을 통해 들은 적이 있다. 그러나 그것은 허무맹랑한 신화가 아니더냐."

"무사들은 이 일에 관심을 기울이고 있습니다. 신검이 보관되어 있는 장소를 찾았다는 소문의 행방이 세간을 떠돌고 있습니다."

"그러더냐, 그들이 반정부 계획을 꾀하는 첩보는 없더냐?"

"이가 닌자들의 말에 따르면, 무사들은 최강이라는 칭호를 얻기 위해 검을 찾고 있지 특별히 쇼군께 반역하는 일은 모의하지는 않는 걸로 사료됩니다."

"그럼 그들을 그대로 내버려 두어라."

"존명."

도쿠가와는 보고를 받고 대전에 올라서 하늘을 바라보았다. 분홍빛 노을이 아름답게 어우러진 노을. 한 부드러운 산들바람이 도쿠가와를 감쌌다. 도쿠카와는 눈을 천천히 감았다.

"내가 이룩한 일본 전역의 통일. 이제 막부는 안정기이다. 세상을 안정시키기 위해서는 강한 힘이 필요한 법. 나는 뜻을 이루었다. 내가 신성한 신께 바라는 것이 있다면, 이 막부가 오래토록 이어지기를."

도쿠가와는 천천히 내전으로 들어갔다. 도쿄 신주쿠. 아리따운 미녀들이 형형색색의 옷을 입고 야경을 즐기고 있었다. 벚꽃이 드리워진 신주쿠의 야경은 각종 상가의 불빛과 어우러져 환상적 분위기를 자아냈다. 젊은 무사들은 검을 차고 돌아다녔고, 거리는 밝고 화려해 보였다. 신주쿠의 가미쿠라 주점. 2명의 무사가 술을 마시며 이야기를 하고 있었다.

"미야모토 그 말이 사실일까?"

"검신의 전설을 내게 말하는 거냐."

"지금 내로라하는 무사들이 검신의 검을 찾고 있어. 우리도 가만있으면 안 될 텐데…."

"나는 신검을 의지해서 적을 제압하고 싶지 않다."

"물론 미야모토 네 마음을 잘 알지. 그러나 무사라면 신검을 찾고 싶은 것은 당연한 무사의 피의 외침이 아닐까?"

"무사의 피라.. 후후."

"미야모토 한 잔 하자."

미야모토라 불리는 사나이와 한 곱상한 무사는 술을 주거니 받거니 했다. 그때 와장창 하는 소리와 함께 주점의 문짝이 부서졌다. 주점 마담은 황급히 떨어진 문짝을 주으며 사시나무 떨듯 떨었다.

"이봐 미코토!! 빚은 언제 갚을꺼야??"

미코토 마담은 사시나무같이 부들부들 떨며 엎드렸다.

"15일까지는 마련해 보겠습니다. 나으리, 제발 사정 좀 봐주시지요."

미야모토는 눈을 천천히 돌려 소리나는 곳을 보았다. 한 건장한 수염의 사내가 소리를 지르고 있었고 뒤에는 패거리로 보이는 일당 5명이 있었다. 모두 기골이 장대한 것으로 보아 힘깨나 쓰는 듯했다. 마코토 마담은 빚이 있는지 쩔쩔매는 듯 했다. 그 사내가 계속 고함을 쳤다.

"장사 할거야 말거야? 당장 돈을 갚으란 말야!!!."

그리고는 주점 안의 물건을 닥치는 대로 부수기 시작했다. 미야모토의 눈썹이 찡긋 올라갔다. 마코토 마담은 넋이 나간 듯 바라만 보고 있었다. 손님들은 황급히 도망쳤다. 텅빈 주점에 건장한 사내들과 미야모토와 곱상한 무사 그리고 마코토 마담이 남았다. 건장한 사내들은 미야모토와 젊은 무사가 자신들을 아랑곳하지 않자 배알이 뒤틀렸다. 그리고는 미야모토의 자리에 와서 소리쳤다.

"당장 꺼져!!!"

순간 한 사내의 거구가 흔들렸다. 그리고는 털썩 쓰러졌다. 주점에서는 젊은 무사만이 그 검을 보았다. 목검. 흑단색의 목검을 들고 미야모토는 서 있었다. 일당이 쓰러지자 건장한 사내들의 눈이 휘둥그레 해졌다. 그들은 소리쳤다.

"저놈이 감히!!!"

그리고는 일제히 검을 뽑았다. 시퍼런 진검이 주점에 번뜩였다.

"죽여라!!!"

건장한 사내들은 미야모토에게 달려들었다. 먼저 달려든 사내의 허리에 목검이 적중했다. 패거리들의 진검은 미야모토의 옷깃을 스치지도 못했다.

미야모토의 눈에는 마치 아주 느린 동작으로 그들의 움직임이 모두 읽혔다. 3분도 되지 않아 패거리들은 모두 쓰러졌다. 미야모토는 마코토 마담에게 가서 몸을 일으켜 세웠다. 마코토 마담은 넙죽 엎드려 절을 했다.

"다시는 저런 사람들에게 돈을 빌리지 마시오. 나는

호소카와 가문의 무사 미야모토 무사시요. 내 영주에게 말해 빌린 돈은 갚도록 하겠소."

 마코토 마담은 연신 엎드려 절했다. 사람들이 몰려오고 미야모토와 젊은 무사는 시끌벅적한 거리를 피해 자리를 옮겼다.

신검을 찾아서

도쿄의 작은 언덕.

젊은 무사와 미야모토는 마을이 내려다보이는 동산 위의 벚꽃 아래에서 술잔을 잡았다. 그 젊은 무사가 말했다.

"미야모토, 신궁의 비밀을 찾자. 그리고 신검을 찾으러 가자."

미야모토는 조용히 술잔을 들이켰다. 젊은 무사는 속으로 생각했다.

'미야모토는 신검에 관심이 없는 듯하다. 그러나 무사로서 고대 일본의 신을 찾는다면, 그 아니 영광이 아닐

까. 미야모토에게 재촉해야겠다.'

 미야모토는 조용히 입을 열었다.

"검신의 검. 나도 어린 시절 들은 적이 있다. 고대 일본에 내려오는 봉인된 전설. 그 검을 갖는 자는 일본 전역을 차지할 거라는 예언도 있었다. 그러나 지금은 평화의 시대이다. 도쿠가와가 통일한 지 얼마 되지 않았어. 우리 일본은 안정기에 접어들었다. 그 검이 나타난다면 다시 피 흘리는 혈투가 일본을 덮겠지. 후후…, 그런 일은 있어서는 안 돼. 저기 동산 밑의 사람들을 보아라. 소박한 일상이지만 각자의 꿈을 가지고 살고 있어. 전란에 고통당하며 조금씩 일궈온 삶의 터전이다. 저들을 지켜야 해."

 젊은 무사가 고개를 끄떡였다.

"미야모토 네 뜻은 잘 알았다. 그러나 만일 야심만만한 무사의 손에 검이 들어간다면 어떻게 될까? 다시 일본은 피바람이 몰아치겠지. 아까 무뢰배들을 보지 않았나. 그런 놈들이 수두룩한 곳이 이곳이다. 우리가 검을 먼저 찾는다면, 그 검을 다시 봉인하자. 그리고 일본을 지키자."

미야모토가 빙긋 웃었다.

"네 말이 맞다. 검을 찾아서 다시 봉인하겠다."
젊은 무사가 소리쳤다.

"좋아!! 검을 찾으러 가는 거다."

젊은 무사는 미야모토의 지기였다. 어린 시절 검술 수련을 같이했고 아주 오랜 기간 미야모토와 함께 했다. 젊은 무사의 이름은 히무라 유키무라. 곱상한 외모를 가졌지만, 히무라의 검은 깔끔했고, 미야모토도 히무라의 실력을 잘 알고 있었다.

히무라는 조심스러운 얼굴로 말을 이었다.

"세간에 들리는 첩보에 의하면, 신검은 신궁에 보관되어 있어. 그러나 신궁의 정확한 위치는 아직 파악되지 않았지. 나도 계속해서 신빙성 있는 첩보들을 수집했어. 그리고 가장 유력한 후보지를 골랐지. 아마 일본 끝 쪽에 있을 듯싶어. 일본 황실은 신검을 봉인할 때, 일본 영토이면서도 일본인들에게서 가장 먼 곳을 골랐다고 전해졌어. 미야모토 생각해봐 그곳이 어딜까?"

미야모토는 눈썹 한 쪽을 찡긋 올리더니 말했다.
"섬…?"
히무라가 말했다.

"맞어. 일본 열도의 섬 중 하나에 신궁이 있고 그곳에 봉인되어 있지. 그곳은…."

그때 미야모토가 소리쳤다.

"누구냐!!"

표창이 히무라와 미야모토에게 쏟아져 내렸다. 둘은 몸을 피했다. 그중 하나가 히무라의 왼팔에 적중했다. 검은 복면을 쓴 닌자들이었다. 그들이 음산하게 말했다.

"당장 검본신서(劍本神書)를 넘겨라."

히무라가 소리쳤다.
"신서는 내게 없다. 무슨 헛소리냐!!"
닌자들이 말했다.

"네가 히무라라는 것을 알고 있다. 검본신서가 네게 들어간 것도."
미야모토는 상황을 살폈다. 히무라에게 신서가 있는지는 확실치 않았지만 닌자들이 급습한 것은 분명했다. 히무라는 왼팔에 부상을 입어 검을 쓰기 어려울 듯싶었다. 미야모토는 목검을 한 닌자의 얼굴을 향해 던졌다. 강맹한 빠르기의 목검이 날아들었으나 닌자들의 수법도 여간내기가 아니었다. 목검을 피한 닌자들은 다시 표창을 던졌다. 미야모토는 순간적으로 적의 위치를 살폈다.

총 9명 그들은 몰래 히무라와 미야모토를 미행했고, 적절한 시기에 기습을 한 것이다. 9명은 오랜 훈련으로 한 몸과도 같은 진법을 구사하고 있었다. 미야모토는 검을 뽑았다. 이전에 쓰던 목검이 아닌 진검이었다. 오른손과 왼손 양쪽에 검이 들려져 있었다.

니텐이치류(二天一流).

미야모토가 창안한 유파였다. 닌자들은 빠른 신법으로 미야모토를 포위했다. 빠져나갈 곳은 없는 듯했다. 미야모토는 빈틈을 보았다. 9명 중 한쪽이 허술해 보이는 닌자를 향해 돌진했다. 순식간에 한 닌자가 피를 흘리며 쓰러졌다. 피할 틈도 없이 타치가 닌자의 가슴을 찔렀다.

가장 약한 고리를 끊자 닌자들의 진법은 동요되고 와해되었다. 닌자들이 동요한 틈을 타서 미야모토는 공격을 계속 감행했다. 숨돌릴 틈도 주지 않는 니텐이치류. 강력하고 정확하면서도 중후한 무사시의 검에 닌자들은 차례로 쓰러졌다. 피가 동산을 적셨다. 하늘도 어둑어둑해졌고 까마귀가 까악까악하고 울어댔다. 미야모토는 히무라를 부축했다.

"히무라. 신서가 네게 있는 게 사실인가?"

히무라가 말했다.
"내게 있어. 나는 계속 신검을 찾으려 수소문했지. 그리고 이 신서를 얻었어. 나는… 나는 신검을 찾고 싶어. 일본최강이라는 칭호와, 천황의 법통을 받고 싶었다. 그렇기에 목숨을 걸고 막부에 들어가서 이 신서를 훔쳤지. 이 소문이 나면 각지의 무사들이 나를 공격할 거야. 미야모토 내게서 떠나. 나는 야망을 위해 신서를 훔친 죄인이다."
미야모토가 말했다.

"네가 왜 신검을 원하는지는 너의 신념이니 존중한다. 그러나 너와 나는 형제보다 가까운 우정. 계속 네 옆에 있겠다. 다만, 아까 말했듯이 일본은 안정되어야 한다. 신검을 같이 찾겠다. 다만 신검을 다시 봉인하려는 게 내 뜻이다."
히무라가 쓰디쓰게 말했다.

"미야모토, 아까는 일본을 지키자고 말했지만, 사실 내 내면에는 갈등이 있었다. 신검을 얻어 천황이 되려는 야망과 너에게 말했듯 신검을 봉인해서 천하를 안정시키자는 마음의 충돌이.."

미야모토가 말했다.

"솔직히 말해줘서 고맙다."

| 제2장 |

신궁을 찾아서

9명의 닌자들의 죽음이 일본 무사계에 알려졌다. 그리고 히무라와 미야모토라는 젊은 무사들이 신궁의 위치가 적힌 검본신서를 손에 넣었다는 사실도….

각지의 무사들은 히무라와 미야모토를 찾기 시작했다. 물론 그들을 죽이고, 검본신서를 얻기 위하여. 히무라와 미야모토는 세간에 첩보가 퍼진 것을 알고, 당분간 몸을 피할 곳을 찾는다. 미야모토는 고향 이와도노야마로 향한다. 커다란 삿갓을 쓰고 상인으로 위장한 후 짐보따리 속에 진검을 감춘 채로….

도쿠가와 막부

"쇼군, 히무라라는 무사가 성에 잠입하여 검본신서를 훔쳤습니다. 주군 척살 명령을 내려주십시오. 이가 닌자들을 풀어서 그들을 잡겠습니다. 신검이 그들 손에 들어가면 도쿠카와 막부도 위험해집니다."

도쿠가와 이예야스는 말했다.

"쥐새끼 두 마리가 어찌 거성을 흔들 수 있단 말이냐. 허허 그냥 내버려 두어라. 다만 두 무사의 용기가 가상하구나. 검본신서를 손에 넣고 일본의 전 무사의 적이 되다니…. 미야모토라…. 어디서 많이 듣던 이름인데?"

도쿠가와의 가신이 말했다.

"미야모토 무사시. 니첸이치류의 창시자로 당대에 당할 자가 없는 검의 대가입니다. 60번의 진검승부에서 단 한 번도 지지 않은 당대 최고의 검의 고수입니다. 쇼군께서도 그의 이름은 들어보셨을 겁니다."

도쿠가와가 말했다.

"아까운 무사를 잃게 생겼구나. 허나 정말 검신이 미야모토를 택했다면, 그는 살아남을 것이다. 그리고 신검을 발견해내겠지. 검신의 선택이 그에게 있는지 지켜보겠다. 미야모토, 검을 가지고 나에게 오너라."

가신은 생각했다.

'주군은 넓으신 분이다. 검신의 검도 도쿠가와를 위협 못하리라는 것을 알고 계시는구나. 또한 뛰어난 무사를 아끼시니 전 일본을 재패한 수장으로서 모자람이 없는 분…'

미야모토와 히무라는 장사꾼 차림을 한 채 사람들의 눈을 피해 샛도로 다녔다. 날이 어둑어둑해졌고, 히무라가 말했다.

"미야모토, 민가에 있을 수는 없어. 적들이 우리의 동향을 찾고 있을거야. 산에서 야영하자."

미야모토도 묵묵히 끄떡였다. 히무라와 미야모토는 한 산으로 향했다. 둘은 야산의 동굴에 들어갔다. 그리고 봇짐을 풀고, 자리를 잡았다. 미야모토는 조용히 명상을 했다. 미야모토는 잔잔히 기도를 드렸다.

"검신이시여. 무사히 이 여정을 마칠 수 있게 도우시기를."

곧 미야모토는 인기척을 느꼈다. 멀리서 다가오는 많은 인파를. 미야모토는 속으로 생각했다.

'적들이 위치를 찾았구나. 한바탕 혈전이 벌어지겠군.

후후…'

히무라도 곧 인기척을 느꼈다. 히무라가 무사시에게 소리쳤다.

"미야모토! 적들이 오고 있어!!"

미야모토도 눈을 뜨고 고개를 묵묵히 끄떡였다.
그도 잠시,

"저기 저놈들이 있다!!!"

미야모토와 히무라는 반사적으로 몸을 일으켜 세웠다. 그리고 봇짐에 있는 진검을 움켜쥐었다. 수십 명 아니 수백 명은 족히 되는 무사들이 다가오고 있었다. 모두들 중무장한 것으로 보아 전쟁에 나가는 군대에 못지않았다. 미야모토도 긴장했다. 옆의 히무라를 보니 왼손이 떨리고 있었다.

죽음(死)

 미야모토는 세키가하라 전투를 회상했다. 도쿠가와 편에서 전쟁을 경험했던 그. 그 당시에도 많은 적과 마주한 적이 있었다. 그러나 그때와 지금은 상황이 달랐다. 아군은 히무라 한 명뿐. 수백 명의 무사가 히무라와 무사시가 있는 동굴을 포위했다. 한 명의 무사가 외쳤다.

 "오사카 성의 영주의 이름으로 미야모토 그리고 히무라를 척살하러 왔다. 순순히 신서를 바쳐라. 그러면 고통없는 죽음을 선사하겠다. 다만 반항 시 살지도 죽지도 못하게 해주겠다."

 히무라와 무사시는 아무 말도 하지 않았다. 땀 한 방

울이 무사시의 이마에서 흘러내렸다. 무사시는 계속해서 수백 명의 진영을 살피고 있었다. 그리고 그들의 기(레이키)를…. 무사의 투기는 보통 사람의 눈에는 보이지 않지만, 오랜 수련을 한 무사시의 눈에는 그들의 기가 보였다. 하나같이 살기로 채워져 있는 그들. 마치 먹잇감을 앞둔 하이에나 무리들 같았다. 무사시가 말했다.

"히무라 내가 먼저 달려들어 적을 흔들겠다. 뒤에 따라오며 후방을 맡아라."

히무라도 떨림을 진정시키고 말했다.

"알았어. 뒤를 맡을게."

무사시는 하늘을 쳐다보았다. 구름 한 점 없는 맑은 하늘. 오늘 이곳에서 죽을지도 모르는 일. 무사시는 그동안의 일생이 주마등처럼 스쳐갔다. 검에 뜻을 두고 최강이라는 칭호를 얻기위해 피나는 수련을 해왔던 지난날. 그리고 60여 차례 결투에서 한 번도 패한 적 없는 무사시. 무사시는 단 한 번도 지지 않았다. 그러나 그는 늘 자신이 완성되지 않았다고 생각했다.

무의 극한(武의 극한),
검신의 경지.

 사실 무사시는 계속 일본의 검신을 따라왔는지도 모른다. 그가 어린 시절 검을 보았던 날부터, 무사시는 검에 매료된 채로 검을 수련했다. 그가 발견하고자 했던 것. 검신의 등. 무사시는 이 일전을 두고 마음속으로 묵념했다.

 '검신, 일본의 신이시여, 저는 어린 시절부터 당신을 찾아왔는지도…'

 산에서 미풍이 불었다. 따뜻한 산들바람. 부드러운 대기가 산을 감쌌다. 수백 명의 무사들의 살기도 아주 왜소해 보일만큼의 거대한 대기.

무사시는 양손에 검을 뽑았다. 니텐이치류가 시전되었다. 두려움은 없었다. 무사시의 영혼은 바람과 함께 수백 명의 무사들에게 돌진해갔다. 무사들은 발악하며 무사시를 공격했다. 무사시의 움직임은 하나의 춤에 가까웠다. 부드러운 듯하면서 스쳐 지나가는 바람. 신풍이었다.

무사시가 지나간 곳에는 적의 수급이 튀었다. 하나의 거대한 검무를 보는 듯했고, 히무라도 뒤에서 어안이 벙벙해질 만큼 아름다운 광경을 보았다.

'미야모토…'

한바탕 바람이 지나간 후 수백 명의 무사들이 쓰러져 있었다. 무사시는 검을 칼집에 꽂았다. 모두 해치운 것이다. 밤하늘의 달이 밝았다. 보름달이었다. 수백 명의 수급 앞에서 무사시는 조용히 허공을 응시하고 있었다. 피 냄새가 가득했지만 무사시는 개의치 않는 듯했다.

'대체 무엇 때문에…? 왜 우리는 죽고 죽여야 하는 걸

까. 회의하지 말자. 앞으로 간다. 내 목숨을 노리는 자들을 죽이는 것에 미련을 두지 말자.'

상념도 잠시 무사시는 잠시 묵념을 했다.

'내세에서 쉬시기를. 곧 찾아뵙고 사죄하겠습니다. 용맹한 무사들이여…!!'

히무리가 옆에서 말했다.

'미야모토, 우리 위치가 발견된 것 같아. 걸음을 재촉해야 겠어. 신궁은 아마 남쪽 해안에 자리해 있을 거야. 다만 고대의 언어라서 나도 제대로 해석하지 못한 부분이 있어. 그래서 정확한 위치는 아직 파악하지 못했지. 당금에 고대 일본어를 해독할 수 있는 현자가 있을까?'

무사시도 히무라를 바라보며 말했다.

'고대의 일본어. 실전된 지 오래된 문자를 말하는군.'

히무라가 얘기했다.

'정확한 좌표를 찾아야 신궁을 찾을 텐데…, 하늘이 돕는다면 기재를 만나게 될 수도…. 일단은 남쪽으로 계속 향해야겠어.'

무사시는 고개를 끄떡였다. 둘은 다시 길을 재촉했다.

히로시마

 미야모토와 히무라는 히로시마에 도착했다. 미야모토와 히무라는 누추하기 그지 없었다. 오랜 여행으로 그들의 은자가 떨어진 지도 오래였다. 히무라가 심각하게 말했다.

 "미야모토 아무래도 약탈을 해야겠어. 이대로 고기를 먹지 못하면 힘이 떨어질 거야. 그러면 우리는 싸울 수 없을지도 몰라."

 미야모토가 담담히 말했다.

 "무사는 굶어죽어도 악을 행하지 않는다. 그게 내 신조다. 당분간 야생풀로 연명하자. 운이 좋으면, 짐승이 나타날지도 모르지."

히무라도 무사시의 성격을 잘 아는 터라 더 말하지 않았다. 그러나 내심에 걱정이 가득했다.

'이대로 풀만으로는 원기를 유지하기 어렵다…. 그러나 미야모토가 저토록 정직하니, 나라도 어떻게 해보는 수밖에…'

히무라가 무사시에게 말했다.

"일단 산에서 내려가서 도시로 들어가자. 얼마 안 가면, 히로시마 영주의 성이 있다. 그곳에 일단 들어가서 연명을 하는 게 나을 듯싶다."

무사시도 동의했고 둘은 천천히 와키야마 성으로 향했다. 히로시마 영주는 아사노 나가아키라. 세키가하라에서 도쿠카와 측으로 참전한 영주였다. 도쿠카와의 신임을 받는 영역인 것이다. 무사시는 세키가하라에서 나가아키라를 본 적이 있었다. 그리고 둘의 인연 또한 무사시에게는 추억이었다. 아무래도 히무라와 무사시는 눈에 띄었다. 상인으로 볼 수 없는 해진 옷과 차림, 그렇지만 형형히 별처럼 빛나는 눈은 가릴 수 없었기 때문이다.

곧 영주의 무사들은 히무라와 무사시를 알아보고 낌새가 심상찮음을 느끼고 감시한다. 무사들은 곧 첩보를 상부에 보고한다.

히로시마의 치안책임자는 거합도의 호츠이가 맡고 있었다. 무사들의 첩보를 보고받은 호츠이는 검을 잡은 채로, 무사들을 대동한 채 무사시에게로 향한다. 무사시와 히무라는 히로시마의 무사들이 자신들에게 오는 것을 느낀다. 무사시는 한 명의 무사에게서 눈을 뗄 수 없었다. 바로 거합도의 호츠이였다. 무사시는 60여 번의 결투에서 단 한 번도 패한 적이 없었다. 무사시는 요시오카 가문에게 승리했고, 신토류의 강력한 무사도 제압했다. 그러나 지금 보고 있는 무사는 이때껏 겨루었던 어느 상대보다도 강해 보였다. 마차이도 미야모토를 보고 범이 범을 보듯 느껴졌다. 이때껏 만나왔던 어떤 적수보다도 강한 상대라는 것을….

호츠이가 먼저 정중히 말했다.

"앞에 계신 두 분의 무사님들 어디서 오신 선생님들이시죠?"

히무라가 먼저 말했다.

"저희는 오사카의 장사꾼입니다. 무사라뇨…, 당치도 않습니다."

호츠이가 말했다.

"하하 사람은 말로 속일 수 있지만, 무사의 눈은 말로 속일 수 없습니다. 두 분은 매우 뛰어난 무사입니다. 정체를 말씀하시죠. 혹시 미야모토 선생님과 히무라 선생님이십니까?"

히무라는 자신들의 정체를 간단히 알아맞추자 놀랐다. 물론 일본에 히무라와 무사시가 검본신서를 가지고 있다는 사실이 널리 알려지긴 했어도….
 호츠이가 말했다.

"앞에 삿갓을 쓰신 분이 미야모토 선생이시죠? 니텐이치류의 명성은 익히 들었습니다. 괜찮으시면 후배가 한 수 가르침을 받고자 합니다."

 미야모토도 호츠이가 정중하게 나오자 거절할 수 없었다. 보니 호츠이는 치안보다 무사의 피가 더 중시되는 듯했다. 당대 일본의 최강이라는 무사를 보니 호츠이도 무사의 피가 끓는 듯했다.
 미야모토는 정중히 말했다.

"거합도의 명성은 들은 지 오래되었습니다. 본초가 거합도를 받아볼 수 있다니 영광이군요."

 호츠이는 말했다.

"미야모토 선생님, 너무 겸손하실 것은 없습니다."

호츠이는 소리쳤다.

"너희는 물러나라!"

무사들은 무사시와 히무라의 주위를 둘러쌌다. 모두 검에 손을 뗀 채로. 미야모토와 호츠이는 서로 마주 보고 섰다. 진검승부였다. 미야모토는 거합도의 특성을 알고 있었다. 발도술을 주로 쓰는 거합도는 일격필살의 검법이었다. 검을 뽑는 속도를 이용해서 순식간에 베어버리는 거합도는 그 반경에서는 무적이라 할만했다. 아무리 무사시라 해도, 거합도의 반경에 들어간다면, 한 칼에 베임을 당할 수밖에 없는 빠른 검이었다.

호츠이의 공간은 절대공간이라 해도 무방할 만큼 호츠이는 자신의 검의 길이와 속도, 그리고 정확성을 잘 알고 있었다. 호츠이는 검을 검집에 꽂은 채 천천히 미야모토 앞으로 다가갔다.

미야모토는 생각했다.

'거합도는 일격필살의 검법이다. 아주 빠르고 강력하

지만 한 타만 피하면 이긴다.'

 미야모토는 쌍검을 뽑았다. 왼손과 오른손에 각기 검이 들려져 있었다. 미야모토는 왼쪽으로 호츠이를 향해 돌진했다. 호츠이의 검이 번뜩였다.

'베었다.'

 호츠이는 속으로 생각했다. 그러나 그것은 무사시의 옷깃이었다. 무사시는 호츠이의 일격필살의 검법을 알고 있었다. 그렇기에, 허수를 던진 것이다. 호츠이의 일검만 피하면 반드시 이길 수 있다고 생각했다. 무사시의 진검이 번뜩였다. 그러나 호츠이도 보통내기가 아니었다. 거함도의 약점은 발도술은 한번 빗나가면 후속타가 느리다는 것이었지만, 오랜 단련으로 호츠이는 약점을 극복했다. 호츠이는 곧 검을 잡고 무사시의 진검을 막았다. 그러나 또 한 번 허수였다. 무사시는 이미 계산을 한 것이다. 호츠이 같은 고수가 발도술의 약점을 극복하지 못했을 거라고 생각하지 않았다. 그렇기에 두 번 허수를 던진 것이다. 진검이 호츠이의 목에 닿았다. 웬일인지 무사시는 검을 멈췄다.

호츠이가 말했다.

"무사시 어서 베시오."

그러자 곁에 있던 무사들이 동요했다.
호츠이가 소리쳤다.

"나는 무사시 선생에게 졌다. 패자가 죽는 것은 당연한 것이다."

무사시는 조용히 검을 검집에 넣었다.

"뛰어난 무사가 여기서 목숨을 잃게 할 수는 없소."

그때 한 사자(使者)가 소리쳤다.
"멈추시오!!!"

좌중의 사람들의 눈은 사자에게 향했다.

"히로시마 영주의 명을 받으시오. 미야모토 무사시를 정중히 예우하고 영주의 전각으로 모시라는 전령이오."

무사들이 모두 허리를 굽히며 말했다.

"존명, 영주의 명을 받겠습니다."

무사시는 곧 히로시마 성의 내전으로 안내되었다. 화려한 영주의 누각에서, 무사시는 몸을 씻고 누이었다. 최상급 차와 옷이 제공되었다. 그리고 히무라와 함께 이야기를 시작했다.
히무라가 조용히 말했다.

"히로시마 성의 영주가 검본신서를 빼앗으려 할지도 몰라. 무사시 조심해야겠어."
무사시는 조용히 아무 말도 없었다.
히무라가 말했다.

"일단 원기를 회복했으니 여기를 떠나자. 우리가 굳이 오사카 영주를 만날 필요가 있을까? 도쿠가와에게 우호적인 인물인데, 우리의 신병을 인도하고 신임을 받으려 할지도 모르지. 무사시 여기는 너무 위험해."

무사시가 말했다.

"일단 영주가 호의를 베푼 것은 분명하다. 히로시마 성 영주의 심계는 매우 깊다고 알려졌다. 그래서 도쿠가와 히데요시 가문의 전쟁에서도 살아남았었지. 일단 영주를 만나보자. 단, 무기 휴대를 허용할 것을 요구하고."

히무라는 걱정스러웠지만 무사시를 따를 수밖에 없었다.
곧 영주의 전령이 왔다.

"미야모토 무사시, 히무라 유키무라 영주께서 뵙자고 하셨소이다. 영주의 전각으로 올라오시오. 소인이 안내

해드리겠소."

미야모토가 말했다.

"영주의 호의에 매우 감사하고 있소이다. 단 조건이 있소. 영주를 뵐 때 진검을 허용하시길 바라오."

전령이 빙긋 웃으며 말했다.

"호랑이에게 이빨을 뽑고 뵙자고 할 수 없잖소. 이미 영주께서 허락하셨소이다."

그제서야 히무라와 무사시의 표정이 풀렸다. 영주가 진심어린 호의를 베풀고 있다고 느껴졌기에. 무사시와 히무라는 영주의 전각으로 향했다. 높은 산봉우리에 하나의 아름다운 정자가 보였다. 그곳에서 술을 마시는 선풍도골의 노인이 보였다. 바로 히로시마의 영주였다.

60여 세가 되어보이는 이 노인은 벚꽃나무 밑에서 술잔을 들이키고 있었다. 매우 인자한 모습이 보였다. 무사시와 히무라는 곧 예를 갖추고 전각으로 들어갔다. 영주가 말했다.

"당대 최고의 무사들을 만나뵙게 되서 본 영주에게 영광이오."

무사시와 히무라는 답례를 했다. 무사시와 히무라에게는 진검이 있었지만, 영주는 전혀 개의치 않는 듯했다. 영주가 말했다.

"검신의 검을 그대들은 얻고 싶은 이유를 물어보겠소."

히무라는 땀을 흘렸다. 무사시가 말했다.

"검신의 검은 혈풍을 가져오는 검입니다. 그 검이 일본에 나타나면 다시 세키가하라 같은 전쟁이 있을 것이고, 많은 무사들이 피를 흘리고 백성들은 고통받을 것입니다. 그래서 검신의 검을 먼저 얻어서 봉인하려고 합니다."

히로시마 영주는 빙긋 웃었다.

"그런 뜻인 줄 알고 있었소. 일본의 평화를 지켜야 하오. 그대들을 부른 것도 그분의 뜻."

순간 신선한 산들바람이 벚꽃에 휘날렸다. 히로시마 영주는 무사시와 히무라에게 술을 권했다.

"일본의 평화를 위해 본 영주가 내리는 술이오."
무사시와 히무라는 무릎을 꿇고 술을 받았다.

"영주를 만난 것은 하늘의 도우심입니다. 가는길이 험난하나, 이 잔을 받겠습니다."

그렇게 술을 마신 후, 호각소리가 울렸다.

"비상이다!!!"

히무라와 무사시는 반사적으로 검에 손이 갔다. 영주

는 아무 동요도 없이 물었다.

"무슨 일이더냐?"

전령이 말했다.

"오사카 성의 군대가 히로시마를 포위했습니다."

영주의 눈이 번뜩였다.

"히로토미 가문에서 아직 미련을 버리지 못한 거로군. 전군을 소집하고 맞이하라."

그리고는 온화한 표정으로 무사시와 히무라에게 말했다.

"오사카 성 영주의 목적은 검본신서라네. 자네들은 우리 군대가 오사카 영주의 군대와 결전을 벌일 때 뒤로 나가게나."

무사시와 히무라가 말했다.

"영주의 성은에 감사합니다. 저희는 떠나겠습니다."
"무운을 바라네."

제3장

생명의 은인

무사시와 히무라는 곧 성벽으로 향했다. 벌떼와 같은 군대가 히로시마성을 포위하고 있었다. 무사시와 히무라는 한눈에 가장 포위망이 적은 곳을 보았다. 함성소리가 들리고 공성전이 시작되었다. 개미떼같이 무사들이 성을 올랐고, 위에서는 긴 창을 써서 성을 사수했다. 피가 튀고, 여기저기 비명과 함성이 소용돌이쳤다.

 무사시와 히무라는 결전을 계속 지켜보았다. 오사카의 군대가 집중적으로 공격하는 방향을 파악했고, 가장 허술한 틈으로 적의 사다리를 타고 뛰어내렸다. 무사시의 양손에 검이 뽑혀있었다. 히무라는 긴 장검을 썼다. 순식간에 수십 명의 무사들의 피가 튀었다. 그리고 유유히 성벽에서 내려와 숲속으로 사라졌다.

매복

 무사시와 히무라는 순식간에 히로시마 성을 벗어났다. 일단은 남쪽으로 피해야 했다. 정신없이 숲을 달리던 중, 발이 무사시보다 빠른 히무라가 비명을 질렀다. 거대한 구덩이가 파져 있었고, 위에는 잔디로 덮여 있었다.
 히무라는 순식간에 제비를 돌며, 구덩이에 빠지는 것을 면했다. 아름다운 신형이 공중을 돌아 뒤로 착지했다. 무사시 역시 걸음을 멈췄다.

"실패다!"

음산한 소리가 들렸다.

"공격하라!"

순식간에 수백 개의 표창이 무사시와 히무라에게 쏟아져 내렸다. 히무라와 무사시는 몸을 피했다. 표창은 땅에 떨어졌다. 그러나 마치 히무라와 무사시가 피할 곳을 예상이라도 한 듯 긴 창들이 찔러 들어왔다.

"커흑"

무사시가 소리쳤다. 왼팔에 창이 박힌 것이다. 천하제일의 무사도, 깊은 진영을 벗어날 수 없는 듯했다.
히무라가 장검을 뽑아 소리쳤다.

"이 비겁한 놈들!! 암수를 쓰다니!!!"
그러자 검은 복면을 한 닌자들과 무사들이 나타났다.

"어리석은 놈. 전쟁은 이기는 쪽이 우선이다. 비겁함은 죽어서 탓해라."

그도 잠시 번개와 같이 검은 신형이 히무라와 무사시를 덮쳤다. 히무라는 장검을 뽑아 역시 번개같이 휘둘렀다. 그러나 크게 동요한 터라, 검의 움직임이 예전같지 못했다. 또한 검은 무사들은 오사카 성의 극강의 무사들이었다. 그들 개인의 실력도 히무라에게 밀리지 않았을뿐더러 무사시는 왼손에 부상을 입어 어떻게 될지 몰랐다. 독이라도 들어있으면, 둘의 운명은 끝나는 것이다.

히무라가 간신히 오사가 성의 무사들의 검을 받아내고 있을 때, 무사시는 속으로 생각하고 있었다.

'틀렸다. 창에 독이 묻었어…. 이대로 끝이구나. 일본 최강의 무사가 되기 위해 유년시절 검을 배우고, 이천일류를 창안했고, 60여 번의 결투에서 한 번도 패하지 않았다. 저 무사들의 말이 맞다. 병가에서는 승리가 최우선이지…. 천하제일의 검도…, 오사카 성의 괴계에 당하는구나…. 저들은 일부러 포위망을 열어놓았어. 우리가 이쪽으로 갈 것을 예상한 거다. 제길…, 끝인가…. 검신이여…, 일본은 다시 전란에 휩싸이는 것이니이까…, 부디 이 무사시에게 힘을 주소서..

 검은 복면의 무사들 6명이 무사시를 에워쌌다. 그리고 곧 잔인하게 난도질을 시작했다. 신선한 산들바람이 불었다.

 "으아아악"

 처참한 단말마의 비명이 터졌다. 히무라는 무사시의 비명이라고 생각했다. 그리고 손이 어지러워질 무렵, 또다시 비명이 터져나왔다.
 자기를 에워싼 오사카 성의 최강의 무사들이 천천히 쓰러지고 있었다. 낭랑한 목소리가 들렸다.

 "하하 맞는 말이다. 전쟁은 이기는 쪽이 우선이지. 검본신서만을 찾다가 하늘을 나는 세 발 달린 까마귀(삼족오)는 보지 못한 모양이군."

 무사시와 히무라는 고개를 들어 소리가 나는 곳을 보

앉다. 나무 위에 한 수려한 외모의 미소년이 앉아 있었다. 무사시는 속으로 생각했다.

"활…"

"저 소년이 오사카 성의 무사들을 쓰러트린 것이로군. 순간적으로 수십 발을 쏘아서 모두 명중시켰다. 신궁이다."

히무라가 포권을 취하며 말했다.

"귀인의 존명은 어떻게 되시오? 저희를 구해주셔서 감사드리오."

소년이 밝게 웃으며 말했다.

"저는 아버지를 뵙지 못해 별명으로 이름을 쓰고 있습니다. 주몽이라고 하죠."

무사시가 말했다.

"귀인께서, 저희를 구원해 주시니 감사드립니다."

무사시는 주몽을 천천히 살폈다. 옥과 같은 얼굴에 빛이 나는 듯했다. 보통 인간이 아니었다.

'신인이던가…'

무사시는 생각했다.
주몽은 헤맑게 웃으며 말했다.

"무사시, 일단 저들 품속을 찾아서 해독제를 찾아냅시다. 오른팔에 독이 묻었을 거예요."

무사시도 고개를 끄떡였다. 상처를 입지 않은 히무라가 오사카 성 무사의 품에서 해독제를 찾아냈다. 히무라, 무사시, 주몽 셋은 천천히 자리를 잡았다. 혈전을 치른 터라 피곤할 만도 한데, 새로운 만남은 화색이 돌았다. 히무라도 주몽을 보고 범상치 않다는 것을 알았다. 히무라는 처음에는 주몽이 혹여나 검본신서를 빼앗으러 온 지 걱정했지만, 주몽의 선기는 그런 생각을 모두 지워주었다.

히무라가 주몽의 내력을 물으려는 찰나 무사시가 입을 열었다.

"조선에서 오신 분이오?"

주몽이 밝게 웃었다.

"하하 맞습니다. 역시 일본최강의 무사로군요. 보자마자 저의 내력을 맞추시다니."

무사시가 말했다.

"검본신서를 얻으러 오셨소이까?"

주몽이 말했다.

"정확히 말하면, 신궁을 찾는 당신들을 도우러 왔습니다."

무사시가 말했다.

"험난한 길에, 동료 한 분이 오시니 하늘의 도우심인 듯합니다. 같이 동행하겠소."

주몽은 밝게 웃었다. 햇살이 잠시 히무라와 무사시 주몽을 비추었다. 조급한 히무라가 물었다.

"조선에서까지 검본신서를 알고 있다니 놀랍습니다."

주몽이 말했다.

"아주 오래전 이야기입니다. 제가 검본신서의 내력을 말씀드릴게요. 원래 중국, 조선, 일본은 한 조상에서 나왔습니다. 선조들은 모두 신인이셨지요. 동양 3국의 균형을 위해 선조들은 중국에는 황제에게 조선에는 단군에게 일본에는 천황에게 법통을 주었습니다. 동양 3국의 힘이 너무 강하면, 패도를 걸을까 우려했던 거지요. 그렇게 균형을 이어졌고, 3국은 역사를 계속 이어왔습니다. 검본신서는 일본의 신인께서 남긴 책입니다. 조선의 선조들도 극비리에 신서를 알고 있었습니다. 저는 환인땅의 무사로 세작들에게 일본에서 수많은 무사들이 신서를 찾고 있다는 소식을 들었습니다. 그리고, 곧 부하들과 함께 일본에 왔고, 검본신서가 히무라와 무사시라는 무사들의 수중에 있다는 첩보를 입수했습니다. 그리고 행방을 찾았고 제때 찾아온 것이지요."

히무라가 말했다.

"지금까지, 일본의 무사들은 우리를 죽이고 검본신서를 탈취하려 했습니다. 주몽께서는 어찌 저희를 도우셨는지요?"

주몽이 말했다.

"그것은 선조들의 유훈에 따른 것입니다. 검본신서는 단순한, 신검만을 찾는 책이 아닙니다. 우리 조선의 운명도 검본신서에 수록되어 있습니다. 선조들이 남긴 유지를 받들어 저희도 검본신서를 찾아야 했습니다. 저는 고구려의 후예로 환인(桓因) 땅에서 비밀스러운 일파를 가지고 있습니다. 제가 이끄는 무리이지요. 우리의 세력은 중국과 조선 그리고 일본 모두에 퍼져 있습니다. 저희는 표면에는 드러나지 않지만, 각 정부에도 세작이 있습니다. 저희의 정보망에 따르면 무사시는 검소하고, 절제하며 일본최강의 무사로 알려져 있었습니다. 결코 야심을 가질 인물이 아니었죠. 계속해서 저희 세작들은 무사님들을 따라다녔습니다. 아마 눈치채지 못하셨을 테지만요. 그런데 오사카성의 영주가 매우 책략에 뛰어나더군요. 조호이산계략으로 호랑이를 유인한 채 사냥하려 하는 것을 보고 급히 손을 써서 막은 것입니다."

무사시와 히무라가 포권을 취하며 말했다.

"생명의 은인께 감사드리오."

주몽이 밝게 웃으며 말했다.
"당연한 일을 했을 뿐입니다. 아 그리고 저희 일파를 소개해 드리겠습니다."

그리고 낭랑히 소리쳤다.

"태대로들께서는 두 무사께 인사드리시오!!"
그러자 활을 멘 12명의 청년들이 나타났다. 모두 수려한 외모를 가진 청년들이었다.

"저희들 두 무사께 문안드립니다."

무사시와 히무라는 매우 놀랐다. 무사시가 생각했다.

'환인이라면, 고대 고구려의 후예이다. 이제는 없어진 나라인데, 아직 명맥이 유지되고 있었구나. 저들의 의도를 보니 호의임에 분명하다.'

히무라는 속으로 안절부절못했다.

'검본신서는 하나고 내 수중에 있는데, 저들이 우리를 도우러 왔는가 아니면 이용하러 왔는가. 신검은 하나인데, 어찌 나눌 수 있을까. 적당한 기회를 봐서 헤어져야겠다. 무사시와 둘이 여정을 해야겠어. 그러나 저들이 저렇게 호의를 보이니 지금 당장은 아니다. 기회를 잡자.'

그렇게 상념이 오갈 때, 주몽이 말했다.

"히무라 무사님, 검본신서를 혹시 해독하셨나요?"

히무라가 깜짝 놀라며 말했다.

"아니, 어떻게 검본신서가 고대 일본어로 쓰였다는 것을 아십니까?"

주몽이 밝게 웃으며 말했다.

"아까 말씀드렸듯이, 검본신서는 고대 일본의 신인의 서적입니다. 그 내력에 대해 잘 알고 있습니다. 지금 일본에는 그 신서를 해독할 수 있는 사람은 없을 겁니다."

히무라가 말했다.

"저도 계속해서, 해독을 시도했지만, 해독할 수 없었습니다. 단지 문헌이 아닌 심오한 비밀이 담긴 책 같았습니다. 혹시 귀공께서는 해독을 하실 수 있으십니까?"

주몽이 말했다.

"저희도 고대 일본어를 알 수 없습니다. 다만 조선땅에 한 분이 계십니다."

히무라와 무사시는 모두 궁금해졌다. 주몽이 말했다.

"조선의 성리학의 대가 이호입니다. 그분은 당대 조선의 학문의 대가로 일본의 신서를 해독하실 수 있을 겁니다."

히무라가 말했다.

"조선이라면, 전란이 끝난 지 얼마 되지 않은 땅인데, 그곳에 가야하는군요."

주몽이 말했다.

"지금 조선은 새로운 왕이 옹립되어, 통치를 펴고 있습니다. 전란을 극복하고 새로운 터전을 일구는 중이지요."

히무라가 말했다.

"그 조선의 이호 선생님은 어디 계신가요? 혹시 같이 오셨습니까?"

그러자 주몽이 말했다.

"이호 선생님은 조선에 계십니다. 이호 선생님은 관직에서 물러나, 산속에 계시면서, 후학을 양성하신다고 들었습니다. 많은 젊은 학자들이 존경하고 있는 분입니다."

히무라가 말했다.

"그러면, 조선에 가야하는군요."

주몽이 말했다.

"저희가 같이 동행하겠습니다. 지금 오사카성의 영주는 두 분의 행방을 찾고 있을 겁니다. 여기서 빠져나가도록 하지요. 배는 이미 준비되어 있습니다. 항구까지 함께 동행하겠습니다."

무사시도 묵묵히 고개를 끄떡였다. 주몽을 비롯한 12명의 태대로들과 히무라 무사시는 조선으로 향한다.

제4장

조선으로

부산

  무사시와 히무라, 그리고 주몽과 그의 부하 12명은 부산항에 입항했다. 상선으로 위장한 주몽의 배는 일본에서 조선으로 안전하게 항해했다.

  이호는 조선 경상도의 유명한 성리학자로, 당대 조선의 기재였다. 그는 정2품의 관직에 올랐으나, 전란이 끝난 후 다시 고향으로 내려와 학문에 몰두했다. 주몽은 이호가 검본신서를 해독할 수 있을 거라고 예측했고, 무사시와 히무라는 이호를 찾는다.

  경남 합천. 많은 서원들이 지어져 있었고 주위의 아름다운 경관과 함께 장관을 연출했다. 무사시는 조선 선비들의 소박한 정신과 고결한 정신에 감탄하며 조선 땅을 걸었다. 히무라는 속으로 생각했다.

제4장 · 조선으로

'조선은 유학의 나라라더니 명불허전이군. 이들은 예를 중시하고, 인정이 있다. 우리 일본이 무학을 중시하는 것과 사뭇 대조되는군.'

히무라는 전란으로 조선땅이 황폐해진 줄 예상했으나, 조선인들은 전란의 아픔을 딛고 밝게 생활에 종사하고 있었다. 주몽은 12명의 태대로들에게 밀명을 주며 그들을 어디론가 보냈다. 히무라와 무사시 주몽은 곧 이호의 서원에 도달한다.

서원의 문을 두드리자, 한 젊은 청년이 그들을 맞았다.

"어디서 오신 분들이시죠?"

주몽이 말했다.

"저희는 이호 선생님을 뵙고 고서 해독을 부탁하기 위해 찾아온 무사들입니다. 이호 선생님과의 면담을 원합니다."

그러자 그 젊은 청년이 말했다.

"아, 이거 어떡하죠? 지금 이호 선생님은 조정에 가셨습니다. 상감(조선의 왕)께서 부르셔서, 급히 한양으로 올라가셨습니다."

주몽과 무사시 히무라는 예상치 못한 터라 당황했다. 주몽이 말했다.

"아, 그렇군요. 언제쯤 다시 오십니까?"
그 젊은 청년이 말했다.

"아무래도 상감께서 부르셔서 기약이 없으십니다. 조정에 가실 때는 길면 한 달을 넘기기도 하셨지요. 그나저나, 세분 무사님의 고서는 어떤 내용인지요? 소생도 학문을 한 터라 궁금합니다."

히무라가 주몽쪽으로 눈짓을 보냈다. 함부로 말을 하면 안 된다는 눈빛이었다. 주몽은 개의치 않고 말했다.

"유생은 이호 선생님의 제자분이신지요?"

그 젊은 청년이 이름을 밝혔다.

"그렇습니다. 저는 양갈제라고 합니다. 지금 진사로 과거를 준비하고 있습니다."

주몽이 말했다.

"그렇군요. 아마 고대의 일본어라서 이호 선생님 외에는 해독할 분이 없을 겁니다."

그러자 양갈제의 눈빛이 빛났다.

"저 역시도 고대 언어학에 조금 관심이 있습니다. 괜찮으시면, 제가 그 책을 보아도 될까요?"

히무라가 말했다.

"유생 양반은 나이가 매우 어린데, 이 심오한 글을 알 수 없을 겁니다. 이호 선생님이 오실 때 다시 찾아뵙기로 하죠."

그 때 무사시가 말했다.

"아니다. 히무라, 사람은 나이와 겉모습만으로 판단하는 것이 아니다. 저 유생이 관심 있어 하니, 검본신서를 잠시 빌려주어도 괜찮을 듯싶다. 설마 도적질이라도 하겠는가."

히무라도 무사시가 그렇게 나오자, 못 이기는 척 품에서 검본신서를 꺼내 들었다. 유생이 밝게 웃으며 말했다.

"하하, 감사합니다. 그럼 들어오시지요. 제가 모시겠습니다."

무사시와 히무라 주몽은 서원으로 안내되었다. 당대의 현학의 서원답게 규모가 매우 컸다. 히무라와 무사시 그리고 주몽은 전각에 앉았다. 히무라는 유생에게 검본신서를 넘겨주었다. 그렇지만 히무라는 매의 눈처럼 유생을 주시했다. 만일 잠시라도 유생이 허튼 마음을 품으면 바로 검을 뽑을 기세였다. 무사시는 히무라를 바라보며 생각했다.

'히무라는, 천황의 법통을 얻겠다고 했었지. 그때 히무라의 신념을 존중해준다고 했었고…. 우리가 검신을 찾는 것은 일본의 평화를 위해서라고 합의한 부분이었는데, 히무라에게 욕심이 생긴 듯하다. 야망에서 완전히 벗어나지 못한건가.'

유생은 찬찬히 검본신서를 살폈다. 알 수 없는 기하학적 도형들로 가득해 보이는 신서의 내용이었다. 유생의 얼굴에 잔잔한 미소가 번졌다. 주몽이 말했다.

"선생님, 혹시 내용을 읽으실 수 있으십니까?"

유생이 말했다.

"봉인된 검신의 검에 대한 내용이군요."

순간 세 명의 얼굴에 놀라움이 스쳤다. 이 청년이 검본신서의 내용을 알아맞힌 것이다.

유생이 말했다.

"제게 3시간만 주시면, 이 책의 내용을 일본어로 번역하겠습니다."

무사시가 속으로 생각했다.

'천하의 기재다.'

주몽 역시도 놀라움을 감춘 채 말했다.

"그러면, 3시간 후 다시 찾아뵙도록 하죠."

양갈제는 말했다.

"저는 잠시 홀로 생각을 하겠습니다. 무사님들은 서원

내에서 편히 쉬셔도 됩니다."

 주몽과 무사시 히무라는 서원에서 천천히 이야기를 나눴다. 주몽이 당금 조선의 정세에 대해 말했다.

 "지금은 선조가 죽고, 그 아들이 왕을 이었습니다. 조선에는 북인이 정권을 잡고 있지요. 이호 선생님은 서인의 일파이십니다. 아마 좋은 뜻으로 부른 것은 아닐 겁니다. 혹여나 이호 선생님에게 변고가 있을지도 모릅니다."

 무사시가 말했다.

 "그래도, 존경받는 학자를 어떻게 하진 않겠지요. 조선의 왕은 어떤 사람입니까?"

 주몽이 말했다.

 "그는 아주 냉철하고 실리적인 사람입니다. 조일전쟁

때 함경도에 가서, 왕자의 이름으로 모병하기도 했었지요. 선조는 조선의 왕을 총애했다고 합니다."

무사시가 말했다.

"그렇군요. 우리 일본의 무사가 한반도에 온 것이 알려지면, 좋지는 못할 겁니다. 그리고 주몽 궁금한 게 있습니다. 환인에서 혹시 고구려의 부흥을 꾀하는 세력이십니까?"

주몽이 말했다.

"고구려는 옛날의 국가입니다. 저희는 저희만의 목적이 있습니다. 우리는 역사의 뒤편에서 역사를 만드는 주체입니다."

히무라가 말했다.

"어떻게 역사에 개입하십니까? 그리고 검본신서를 찾

는 목적도 말씀해주십시오."

주몽이 말했다.

"검본신서에는 고대 3국의 미래에 대한 예언이 담겨 있는 책입니다. 저희는 검신의 검과 최강의 무사칭호에는 관심이 없습니다. 다만 동양의 미래를 알고 싶어 하는 것이지요. 그것이 저희가 검본신서를 찾는 목적입니다."

히무라가 말했다.
"검본신서에 단지 검신의 검이 아닌 동양 삼국의 미래가 담겨있다니 놀랍군요."

주몽이 말했다.

"그렇습니다."

무사시는 속으로 생각했다.

"동양 삼국의 미래가 담겼다니… 아무래도 일본어로 직접 확인을 해봐야겠다."

3시간은 훌쩍 흐르고, 유생은 다소 피곤한 기색으로 방을 나왔다. 그의 손에는 검본신서와 일본어로 해독한 문서가 들려있었다. 양갈제가 말했다.

"해독을 마쳤습니다."

주몽과 무사시 히무라는 매우 반가워했다. 히무라가 말했다.

"놀랍군요!! 빠른 시간 안에 해독을 하시다니, 양갈제 선생님은 천하의 기재이십니다."

양갈제가 빙긋 웃으며 말했다.

"과찬이십니다."

곧 무사시와 히무라 주몽은 검본신서의 원본을 읽게 된다.

검본신서

"이 신서를 얻는 자는, 천하의 왕이 될 자격을 부여받는다. 다만, 그의 내부에 사욕이 없어야 할 것이며, 천하의 안정을 위해 이 책을 남긴다. 복과 화, 음과 양은 늘 맞물려 있는 법. 이 책을 얻은 이여! 그대 마음에 사념이 있다면, 이 책을 덮어라. 그러나 그대가 천하를 위한다면, 그리고 정의를 위한다면 이 책을 읽어라."

무사시와 히무라, 주몽은 모골이 송연해졌다. 그렇지만 셋은 계속해서 읽어간다.

"검신의 검은, 이와자키 신궁에 보관되어 있다."

히무라의 눈이 번뜩였다. 무사시는 걱정스럽게 히무라를 살핀다.

'야망, 천하제일의 무사, 천황… 무사시의 뇌리에 스쳐 간 단어들이었다.'

그 신서의 내용은 또한 놀라웠다. 주몽과 무사시는 한 구절을 발견한다.

"임진년, 일본의 야심가가 조선을 치리니, 큰 전쟁이 있으리라. 혈전이 계속되고 물과 뭍에서 양 군대가 맞붙으리라. 지나(중국)에서 구원군이 오리니, 삼국의 군대가 만나리라."

무사시는 소름이 돋았다. 주몽 역시 놀라운 표정을 지었다. 무사시가 말했다.

"고대의 책에 임진년의 전쟁이 예언되어 있다니 놀랍군요. 신서는 진품임이 확실합니다."

주몽도 말했다.

"놀라운 일입니다."

주몽은 곧 또 다른 구절을 발견한다.

"金이 일어나, 明을 누르니, 지나의 형세가 바뀐다."

주몽은 잠시 몸을 떨었다. 그가 찾고자 했던 구절을 발견한 것이다. 히무라가 물었다.

"이 구절은 어떤 뜻인가요?"

주몽이 말했다.

"고구려에는 말갈족이 있었습니다. 말갈족은 고구려의 구성원이었죠. 고구려가 멸망하고, 말갈족은 이름을 바꾸며, 여진족이라고 칭했습니다. 그리고 부족마다 뿔뿔이 흩어져 살았지요. 한때 금나라를 만들어 강성해졌지만, 몽고라는 나라에 멸망당해야 했습니다. 그러다가 최근 북방에 한 영웅이 출현했습니다. 누르하치라는 여

진의 후예입니다. 후금이라는 나라를 세웠습니다. 검본신서에 적힌 금(金)은 여진을 의미합니다. 후금이 강세해져 중국 본토를 차지한다는 예언입니다."

히무라와 무사시 모두 놀랍다는 표정을 지었다. 임진년의 전쟁이 예언되어 있는 만큼 검본신서의 내용은 정확했다. 히무라가 말했다.

"곧 전쟁이 또 있겠군요…"

무사시도 어두운 표정을 지었다.
그때였다.

"관아에서 나왔소. 어서 문을 여시오."

크고 우렁찬 목소리가 들려왔다. 양갈제와 주몽, 무사시, 히무라는 모두 놀랐다. 아무래도 일본 무사들인 만큼, 조선 관아는 꺼림직한 상대였다.

양갈제가 말했다.

"세 분은 서원에 계십시오. 제가 나가보겠습니다."

무사시도 일이 심상치 않게 돌아감을 느꼈다. 그리고 검을 손에 쥐었다. 양갈제는 대문을 나갔다. 수십 명의 조선 관군들이 늘어서 있었다.

"관아에서 어쩐 일이신지요? 지금 이호 선생님은 계시지 않습니다."

"우리는 수상한 자들이 이곳에 잠입했다는 첩보를 듣고 수색차 왔습니다. 잠시 서원을 수색하겠습니다."

양갈제가 난감하게 말했다.

"이곳에는 이호 선생님께 문안드리기 위해 많은 사람들이 옵니다. 우리는 일일이 방문객들을 파악하기 어렵습니다. 아무래도 서원인 만큼, 관군이 무기를 들고 들어오는 것은 삼가야 합니다. 그것이 조선의 예법입니다."

그러자 관군을 인솔한 자의 표정이 험악하게 변했다.

"관아의 명령은 지켜져야 하오!"

그리고 양갈제를 밀치고 서원으로 들어갔다.

"자! 다들 수색해라."
관군들은 서원으로 들어갔다. 무사시와 히무라, 그리고 주몽은 관군들의 발자국 소리를 들었다. 주몽은 활을 메고 나왔다. 관군들의 시선이 주몽을 향했다. 관군 인솔자가 소리쳤다.

"일단 저 수상한 놈을 잡아라!"

주몽은 화살을 손에 잡았다. 빛과 같은 속도였다. 무사시 외에는 주몽의 화살을 보지 못했다. 관군대장의 군모가 날라갔다. 주몽은 순식간에 화살을 쏘아서 관군대장의 군모를 맞춘 것이다. 관군대장은 어안이 벙벙해졌다. 그는 무인의 직감으로 주몽이 자신을 살려줬음을 알았다. 관군들이 주몽을 잡으려는 찰나 관군대장이 소리쳤다.

"모두 멈춰라!!"

관군들은 대장의 말을 듣고 모두 멈췄다. 관군대장이 말했다.

"귀공은 누구시오? 소생은 왜란에 참전하여 많은 무사들을 만났으나, 이런 신궁은 단연 처음이오. 소생의 목숨을 살려줘서 감사하오."

주몽이 말했다.

"대장께서 본초를 알아봐주시니 영광입니다. 우리는 같은 민족인데, 굳이 싸울 필요가 없습니다. 저희는 이호 선생님께 고서를 해독하기 위해 찾아왔습니다. 솔직히 말씀드리면, 일본 무사 두 분과 동행했습니다."

관군대장은 말했다.

"지금 이호 선생님은 광해군에 의해 투옥되었소. 역모

에 가담한 것으로 몰렸소이다. 지금 한양에서 서인들은 광해군에 대해 반감이 높소. 우리는 명을 받고 서원에서 역모 정보를 발견하기 위해 왔소. 물론 어명도 중하나, 생명의 은인이 더 우선이오."

양갈제가 소리쳤다.

"스승님이 투옥되시다니!! 이런…."

무사시와 히무라는 관군이 온 것은 조선의 정쟁과 관련이 있지 자신들을 잡으러 온 것이 아님을 알았다. 한편으로는 안도하면서도, 한편으로는 양갈제의 사정이 딱했다. 역모죄로 몰리면 능지처참을 면치 못할 것이다. 양갈제는 감정의 동요를 멈추고 무사시 쪽을 향했다. 그리고 무사시와 히무라에게 말했다.

"무사님들, 저희 스승님이 투옥되셨습니다. 아마 사형일 겁니다."

히무라와 무사시는 모두 양갈제가 하고 싶은 뒷말을 알았다.

"조선의 조정에 잠입하여 이호 선생님을 구출해 달라는…."

히무라가 약간 언짢은 표정을 지었으나, 의(義)는 태산보다 중했다. 검본신서를 해독해준 양갈제의 부탁을 어찌 거절하랴.
무사시가 말했다.

"우리의 여정이 있으나, 양갈제 선생님의 부탁을 거절할 수 없소. 저희가 이호 선생님을 구출하러 한양으로 가겠소이다. 양갈제 선생님이 없었다면, 검본신서의 내용은 영원히 해독할 수 없었을 것이오. 양갈제 선생 걱정마시오."

그러자 양갈제의 표정이 펴졌다. 히무라 역시 무사도를 중시했기에, 자신들에게 도움을 준 양갈제의 청을 거절할 수 없었다.

관군대장이 말했다.

"활을 가진 무사께 감사드리오. 저희는 이만 물러가겠소이다."

관군대장은 유유히 서원을 빠져나왔다. 뒤로 관군들 역시도….

주몽이 말했다.

"서인들이 광해군에게 모반을 일으킬 모양입니다. 그리고 조선 조정에서도 이를 눈치챈 듯합니다. 한양에 잠입하여 이호 선생님을 구하기는 여간 어려운 일이 아닙니다."

무사시가 말했다.
"목숨이 끊어져도 의(義)를 끊을 수는 없소이다. 한양으로 가겠소."

주몽이 말했다.

"두 분 무사님의 힘으로는 냉정하게 조선의 옥에 들어가서 수많은 관군을 상대할 수 없습니다. 저희가 도움을 드리겠습니다."

무사시가 말했다.

"감사하오."

한양

 임진년의 전쟁으로 한양은 불에 탔었다. 그러나, 다시 조선은 재정비를 하고 나라는 유지되고 있었다.
 선조가 붕어한 후 광해군이 왕에 올랐다. 명은 임진년 조일전쟁에서 원군을 파견한 것을 들어 광해군에게 후금을 같이 공격하자는 친서를 보냈다. 그러나 광해군은 총명했다. 이미 대세는 후금에 기운 것을 알았고, 실리적 외교를 펼친다. 그렇지만 조선은 성리학의 나라였다. 서인들을 위시한 양반들은 명나라를 부모의 나라로 여기고 있었으며, 명이 조일전쟁에 원군을 보냈음에도 불구하고, 이를 돕지 않는 것은 패륜이라고 여겼다. 서인들은 광해군을 몰아낼 계획을 세운다.

한양의 의금부.

"이호는 어떻게 되었소?"
"고문을 했으나 모반을 자백하지 않는다오."

조선의 고위관리들이 이야기를 나누고 있었다. 의금부에서는 서인들이 역모를 꾀한다는 사정을 짐작은 했으나, 확실한 심증을 얻지 못해서 서인의 대가 이호 선생을 잡은 후 고문을 시도했다. 서인들은 분개했지만, 발각되면 능지처참이라 누구도 간언하지 못했다. 다만 가슴을 움켜쥐고 때를 기다릴 뿐이었다.

호각소리가 울렸다. 침입자의 침입을 알리는 소리. 의금부 관리들이 말했다.

"누군가 도성에 침입했나보군."
"뭐 도적놈들이겠지요. 신경쓰지 맙시다."

그렇지만 호각소리에 이어 비명소리도 계속되었다. 군인들의 아우성 소리도…. 의금부 관리가 말했다.

"이거 단순한 도적이 아닌 모양인데…."

한양에 침입한 것은, 주몽과 무사시 히무라였다. 그들은 양갈제의 부탁을 듣고 이호를 구출하기 위해 온 것이다.
무사시는 손속에 사정을 두지 않았다. 한양의 정예병사들도 무예에 뛰어났지만, 무사시를 잡을 수는 없었다. 히무라도 전력을 다했다. 빠른 쾌검에 한양의 무사들은 쓰러져 갔다. 주몽 역시도 활 대신 검을 쓰고 있었다. 조선의 군관이 소리쳤다.

"적은 단 3명이다. 포위하라!!"

벌떼같은 무사들이 세 명을 포위했다. 주몽은 활을 꺼냈다. 순식간에 수십 발의 화살이 격발되었다. 군인들의 목에 정확히 화살이 꽂혔다. 군관은 다시 소리 지르려 했지만, 순간 목에 차가운 기운을 느꼈다. 검이 자신의 목 앞에 있었다.
히무라였다.

"이호 선생님을 가둬둔 옥은 어디냐?"

조선 군관이 말했다.
"알려줄 수 없다."

피가 튀었다.
히무라가 말했다.

"도성의 위치에 비추어, 의금부 안에 갇혀있을 것 같아. 의금부로 들어가자."

주몽과 무사시도 고개를 끄떡였다. 의금부 군관들은 비상이 걸렸다. 단 3명의 침입자에 의해 조선의 도성이 혼란에 빠진 것이다. 그들 3명은 초인의 경지의 무공을 가지고 있었다. 그렇기에, 많은 병사들로도 3명을 어쩌지 못했다. 주몽은 계속해서 활을 쏘았다. 의금부를 지키는 군인들은 힘없이 쓰러졌다. 그들의 목에는 모두 화살이 꽂혀 있었다. 화살에는 삼족오의 표시가 보였다.
무사시는 니텐이치류로 조선의 병사들을 공격했다.

조선의 병사들은 창을 휘둘렀지만, 무사시의 옷깃도 스치지 못했다. 강맹한 공격에 무사들은 짚단처럼 쓰러져 갔다.

히무라는 빠른 신형의 쾌검으로 조선의 병사들을 베었다. 1시간도 지나지 않아 의금부의 군인들이 전멸했다. 히무라는 옥의 열쇠를 들고 의금부 내의 옥 안으로 들어간다. 히무라가 큰소리로 외쳤다.

"이호 선생님은 어디 계십니까?"

중후한 목소리가 들렸다.

"소인이 바로 이호외다. 뉘신지요?"

히무라가 말했다.

"양갈제 선생님의 부탁을 받고 구출하러 왔습니다. 어서 나가시지요."

이호가 말했다.

"아니오. 나는 나가지 않겠소. 조선의 선비로 왕명을 거역할 수 없소."

히무라는 답답했다. 곧 조선의 군대가 들이닥칠지도 몰랐기에….

"선생님 실례하겠습니다. 히무라는 열쇠를 꺼내 옥문을 연 후 이호를 업었다. 그때 히무라의 목에 뜨뜻한 물이 흘렀다.

'피…?'

히무라는 이호를 내려놓았다. 이호는 스스로 혀를 깨물어 자결한 것이다. 조선의 성리학자로서, 왕명을 끝까지 지켰던 것이다. 히무라는 당황했지만 지체없이 옥을 빠져나왔다. 무사시와 주몽이 경계를 서고 있었다. 히무라가 말했다.

"무사시, 주몽. 이호 선생님은 자결했어…."

무사시와 주몽이 어두운 기색이 흘렀다. 그때 의금부를 덮는 수천 명의 횃불이 보였다. 조선의 군대였다. 한양의 수비대가 몰살하자 훈련도감에서는 군대를 급파했다. 히무라가 소리쳤다.

"끝났어. 포위됐어. 빠져나가기 어렵다."
무사시도 어두운 표정을 지었다. 주몽마저도 흔들리는 기색이 역력했다.

'여기서 끝인가…'

그때였다. 조선의 군대가 동요하고 있었다. 다른 쪽에서 다른 군대가 조선의 군대를 공격했다. 히무라가 소리쳤다.

"무사시 !! 봐봐. 저들끼리 싸우고 있어!!"

무사시와 주몽도 정신을 차리고 보았다.

"조선의 군대끼리 맞붙었다. 이 틈에 빠져나가자."

군인들의 소리가 들렸다.

"역적 광해군을 몰아내라!!!!!"

후에 인조반정이라고 불리는 이 사건으로 조선의 왕은 바뀐다. 무사시와 주몽, 그리고 히무라는 신형을 날려 한양을 벗어난다. 천우신조였다.

주몽과의 이별

　한양 앞 숲. 주몽과 무사시 히무라는 안전한 곳으로 벗어났다.
　주몽이 말했다.

　"일본의 무사님들, 저는 이제 제 일을 하러 가야겠습니다. 검본신서의 예언을 얻었고 저는 후금을 도울 것입니다."

　무사시와 히무라가 말했다.

　"주몽 그대는 후금의 관료이오?"

　주몽이 말했다.

"누르하치와는 안면이 있습니다. 말갈은 고구려의 후예로, 후금이 천하를 잡는 데 돕겠습니다. 무사시, 히무라, 검신의 검을 찾길 바랍니다. 그리고 도움이 필요하면 언제든 환인으로 와서 이 주몽을 찾으십시오. 힘껏 돕겠습니다."

그리고 주몽은 품에서 술 한 병을 꺼냈다. 무사시와 히무라 주몽은 우정의 맹세로 술 한 잔씩을 하고 헤어진다. 만남 그리고 이별. 만남이 있으면 언제나 이별이 있다. 서로의 길은 다르지만, 우리의 목적지는 같을지도….

무사시와 히무라는 주몽과 헤어진 후 상의를 시작한다.

"이와자키 신궁으로 향하자."

히무라도 고개를 끄떡인다.

"일본 남해쪽의 그 섬 말이로군. 그래, 어서 조선을

떠나자."

 이와자키 신궁은 신비한 숲에 가려 있었다. 일본인들 누구도 그곳의 정확한 위치를 몰랐다. 그러나 무사시와 히무라는 좌표를 찾아 검신의 궁을 찾아낸다. 뜨거운 여름 햇살이 비치고 있었다. 주변에는 아름다운 꽃들이 만개했으며, 신궁은 도원경을 연상시켰다. 무사시와 히무라는 꽃밭을 걸으며 황홀한 기분에 취했다.

"이곳이 정말, 지구인지 의심스럽군."

 히무라가 말했다.
 말을 좀처럼 하지 않는 무사시도 말했다.

"신의 세상이 있다면, 이 섬일거야…"

 둘은 천천히 걸었다. 곧 신궁의 입구가 보였다. 생각보다 으리으리하지는 않았지만, 아름다운 별천지와 조화를 이룬 궁은 매우 아름다워 보였다. 대문을 열고 들어가자, 한 소녀가 앉아 있었다. 무사시와 히무라가 말을 걸려는 찰나 그 소녀가 먼저 입을 열었다.

"미야모토 무사시, 히무라 검신의 땅에 온 걸 환영합니다. 본녀는 검신을 섬기는 성녀입니다. 두 분 무사님은 잠시 걸음을 멈추시고 검신께 예를 올리시오."

무사시와 히무라는 소녀의 목소리를 듣고 그 청아함과 신성함이 동시에 느껴졌다. 마치 맑은 물처럼 소녀의 목소리는 무사시와 히무라의 영혼을 부드럽게 풀어주었다. 무사시와 히무라는 곧 무릎을 꿇고 검신께 예를 올린다.
무사시가 말했다.

"본초 미야모토 무사시, 호소카와 가문의 무사입니다. 일본 고대의 검신께 예를 올립니다."

히무라가 말했다.

"본초 히무라 유키무라, 바람처럼 떠도는 무사입니다. 검신께 예를 올립니다."

신선한 산들바람이 불었다. 햇살이 무사시와 히무라의 머리위로 비추는 듯했다. 꽃향기가 가득해지고, 무사시와 히무라는 황홀한 기분이 빠져든다. 그 소녀가 말했다.

"본 무녀가 검신의 말씀을 전합니다. 검신께서는 무사시와 히무라의 방문을 매우 기뻐하며, 여기 찾아온 목적을 아신다고 전하셨습니다. 신궁 안에는 두 분 무사님은 들어올 수 없습니다. 검신께서는 일본의 신검을 두 분 무사님께 하사한다고 전합니다."

무사시와 히무라는 엎드리고 말했다.

"검신께 감사드립니다."

소녀는 곧 신궁 안으로 들어간다. 그리고 한 검을 가지고 나온다. 검은색 칼집에 덮인 검이었다. 겉으로 보기에는 평범한 검 같았으나, 무사시와 히무라는 본능적으로 신물임을 깨닫는다. 무사시는 앞으로 나가 소녀에게 검을 받는다.

소녀가 말했다.

"검신께서 미야모토 무사시에게 전한 말씀입니다. 이 검으로 정의를 시행하고 약자를 도우며, 선한 마음으로 검술을 수련하라고 전하십니다."

무사시가 말했다.

"삼가 명을 받들겠습니다."

무사시와 히무라는 절을 하고 신궁을 뒤로한 채 걷는다. 그때 무사시의 귀에는 소녀의 목소리가 들린다. 소녀는 곁에 없었지만 마치 바람처럼 무사시에게 메시지를 전달한다.

'검신께서 말씀하셨습니다. 옆의 무사에게 사악한 기

운이 생기니, 조심하라고요!'

  무사시는 뒤를 돌아봤지만 아무도 없었다. 검신의 무녀의 목소리였다. 그리고 히무라를 쳐다보았다. 히무라는 복잡한 상념에 빠진 듯했다. 히무라의 내면은 소용돌이치고 있었다. 한 사악한 목소리가 히무라에게 들렸다.

'히무라, 천황이 되고 싶지 않은가? 저 녀석의 목을 베어버려. 아무리 무사시가 강해도 암습을 당할 수 없지. 그리고 네가 천황이 되는거야!'

  히무라는 속으로 생각했다.

'무사시와는 평생 우정을 가지고 있다. 사악한 귀신아, 내게서 떨어져라.'

  그렇지만 그 목소리는 집요했다. 그리고 히무라는 점점 그 목소리와 자기 자신의 목소리를 구별하기 어려워졌다.

'흐흐. 천황… 일본 제일의 신검으로 천황이 되어서 무사들을 부리는 거다. 누구도 나 히무라에게 대항할 수 없겠지. 내가 천하제일이 되는 거야. 도쿠가와도 무사시도 두렵지 않다. 저 검신의 검만 있다면!! 흐흐흐'

그리고 히무라는 조용히 검을 손에 쥐었다. 무사시는 아무 일 없다는 듯 앞에서 걷고 있었다. 검신의 검은 그의 허릿춤에 감겨 있었다. 히무라는 천천히 걸어갔다. 히무라의 쾌검이 번뜩였다. 무사시는 등을 보이고 있었고, 히무라의 쾌검을 피할 수 없을 것 같았다. 히무라는 속으로 생각했다.

'베었다.'

그러나 그는 깜짝 놀랐다. 무사시는 두 손가락으로 히무라의 검을 잡고 있었다. 히무라는 너무 놀라서 검을 손에 떨어트린다.

무사시가 말했다.

"히무라, 네게 사욕이 있다는 것을 알았다. 그러나 나를 베려하면서까지 검신의 검을 가지고 싶었더냐. 네게는 야망이 우정보다 소중했구나. 우리가 같이 함께해 온 우정도 한칼에 베어버릴 만큼…"

 히무라는 검을 버리고 얼굴을 싸쥐고는 어디론가 뛰어갔다. 뛰어가는 히무라의 눈에는 눈물이 흘렀다. 히무라는 속으로 생각했다.
 '젠장. 악마의 꾐에 넘어간 거다. 천황을 탐하려 친구를 베려 하다니…. 이제 다시는 무사시를 못 보겠지… 내가 미쳤던 거야…. 내가 미쳤던 거라고!!!'

 무사시는 조용히 뛰어가는 히무라를 바라보았다. 무사시는 하늘을 쳐다보았다. 구름 한 점 없는 넓은 푸른 하늘. 너무도 넓은 하늘이었다. 무사시는 조용히 마음속으로 히무라를 위해 기도했다.

| 제 5 장 |

지옥의 통과제의

지옥 속으로

 히무라가 떠나고 무사시는 공허함을 느꼈다. 검신의 검을 얻은 것이다. 하지만 무사시는 상념도 잠시, 검신의 검에 큰 호기심을 느꼈다. 그리고 생각했다.

 '이 검이 어떤 검이길래, 일본 무사들이 그토록 찾았을까?'

 무사시는 검신의 검을 뽑아보았다. 스르릉 하는 소리와 함께 검신의 검이 뽑혔다. 겉보기에는 특이할 것 없는 일본도였다.
 그때 무사시는 무언가를 보았다. 보았다고 생각하는 순간 무사시의 몸은 어느 곳으로 빨려 들어갔다. 무사시는 잠시 정신을 잃을 뻔했지만, 집중력을 계속 유지했다. 무사시는 시뻘건 공간 속에 놓여있었다. 그곳은 지구가 아니었다. 단 한 번도 본적도 들은 적도 없는 곳 같았다. 황량한 바람이 불었다.

'피 냄새…'

무사시는 바람 속에서 피 냄새를 느낄 수 있었다.
어둠과 혼돈의 공간이었다. 곧 엄청난 비명이 들렸다. 모골이 송연해지는 비명들. 마치 수천만 명의 사람들이 울부짖고 있는 듯했다. 전쟁을 경험하고 수많은 사지를 뚫고 온 무사시였지만 모골이 송연해지고 힘이 빠졌다.

'여기는 어디지…'

그때 검신의 무녀의 목소리가 다시 들렸다.

"미야모토, 그곳은 지옥입니다."

무사시는 주위를 보았으나 그 무녀는 보이지 않았다.

무사시는 검신의 검을 꼭 움켜쥐었다.

또 다시 무녀의 목소리가 들렸다.

"미야모토, 검신의 검이 그대에게 맞는지 시험하는 것입니다. 그곳에서 살아남으시기를."

그리고 검신의 무녀의 목소리는 더 이상 들리지 않았다.

무사시는 곧 누군가가 다가오는 것을 느꼈다. 검은 복장을 한 존재들. 그들의 키는 무척이나 컸다. 그들은 인간 같았다. 그러나 인간이 아니었다. 인간과 비슷하지만, 더 강렬하고 사악한 무서운 누군가였다. 무사시는 검신의 검을 잡았다. 그 검은 존재들이 말했다.

"흐흐, 네까짓 게 검신의 검을 가지겠다고? 여기 온 많은 놈들이 있었지. 개중에는 무사들이라고 하더군. 모두 이곳에서 비명을 지르고 있어. 네놈도 곧 그렇게 만들어주마."

검은 돌풍이 몰아닥쳤다. 그 거대한 몸집을 가진 검은 존재들은 무척이나 강맹하고 빨랐다. 그들의 무기는 마치 악마의 이빨 같았다. 무사시는 검신의 검으로 그들의 공격을 막았다.

그러나 막았다고 생각했지만, 그들의 힘은 인간의 힘이 아니었다. 무사시는 엄청난 충격을 받고 뒤로 튕겨나갔다. 보통 무사였으면 여기서 끝이었을 것이다. 그러나 무사시는 일본최강의 무사였다. 그리고 공격을 버텨낸 것이다. 그렇지만 무사시의 몸 역시 무사하지 못했다. 무사시는 기가 진탕하는 것을 느끼고 피를 토했다.

무사시가 말했다.

"후후… 이들은 인간이 아니로군. 그러면 인간이 어떤지를 보여주마."

무사시는 검신의 검을 들고 공격했다. 그 검은 존재들은 비웃었다.

"낄낄. 네까짓 하찮은 놈이 뭘 한다고…"

무사시는 부드럽게 그들에게 돌격했다. 검은 존재들은 비웃으며 악마의 이빨 같은 무기를 무사시에게 휘둘렀다. 엄청난 검은 힘이 무사시에게 덮쳐들었다.

"끝났군. 낄낄낄. 하찮은 놈."

그러나 그 검은 존재들의 안색이 변했다. 웃음기가 싹 가시고 있었다.

"신풍…, 저놈이 검신의 검을 쓸 줄 안다!!"

부드러운 대기가 검은 존재들을 감싼다. 검신의 검에서는 부드러운 산들바람이 나오고 있었다. 검은 존재들의 사기는 순식간에 위축되고 그들은 바들바들 떤다. 무사시가 말한다.

"정(正)은 사(邪)를 제압한다. 마귀들이여 소멸하라. 검신의 힘으로."

부드러운 바람은 검은 존재들을 감싼다. 검은 존재들은 바들바들 떨며 소리친다.

"살려주십시오!!"

그것도 잠시 부드러운 바람은 검은 모든 것은 잠재운다. 그리고 마귀들은 사라졌다. 무사시는 말했다.

"모든 악(惡)을 무(無)로…"

무사시는 천천히 지옥을 걸었다. 아비규환이었다. 그곳에는 많은 영혼들이 울부짖고 있었다. 지상에서의 한과 원통함, 분노와 증오를 풀지 못한 영혼들이 있는 곳. 그들의 고통이 무사시에게 전이되어 왔다. 무사시는 담담하게 걸었다. 그리고 속으로 상념에 잠겼다.

'모두 각자의 망령에 붙잡혀 있구나. 누구도 저들을 벌주지 않아. 저들 스스로 자신의 감옥에 가둔 영혼들이다. 나무아미타불.'

무사시는 곧 검은 존재들이 모여있는 곳으로 향한다. 인간같지만 인간이 아닌 존재들. 마귀들이었다. 사람들은 그들을 악령이라고 불렀다. 그들은 낄낄거리고 있었다.

"흐흐, 조선의 김 서방이 재물에 손을 대더군. 내가 말하더니 간단히 넘어갔어. 빙신새끼. 그리고 쥐새끼처럼 주위를 둘러보더군. 지금쯤 달달 떨고 있을 거야. 빙신새끼."

그러자 한 마귀가 말했다.

"나는 가족에게 들어가 불화를 일으켰지. 자존심을 건들고 서로 상처 주게 했어. 그러니까 서로 싸우더군. 병신들."

무사시는 그들의 목소리를 들었다. 무사시가 그들에게 예를 갖추고 말했다.

"소인은 검신의 검을 가지고 이곳에 내려온 미야모토 무사시라고 하오."

검은 마귀들은 무사시를 쳐다보았다.

"네까짓 놈이 여길 어떻게 왔느냐?"

무사시가 말했다.

"왜 그런 일을 하는지 묻고 싶소."

마귀들이 대답했다.

"재밌기 때문이지. 우리는 우리의 본성에 따라 움직여. 우리는 사랑을 갈라놓고, 모욕하게 하고, 서로 상처 주게 하지. 그리고 원한을 가지게 하고 말이야. 우리는 남의 고통을 보고 즐거워하는 존재들이야. 인간은 우리를 이해할 수 없지. 검신의 검으로 우리를 죽일 텐가?"

무사시가 말했다.

"하늘께서 정하신 걸 소인이 바꿀 의도는 없소. 인간은 주체적으로 판단하고 생각하는 존재들이오. 그대들이 인간의 마음을 유혹하고 어지럽히나, 그것 또한 하늘의 뜻 아니겠소. 정심을 가진다면, 그대들에게 흔들리지 않으리."

마귀들이 대답했다.

"재밌는 놈이군. 그냥 보내줄게. 카악 퉤."

무사시는 담담히 걸었다. 다른 마귀가 하는 소리도 들었다.

"힘이 제일이야. 약한 놈은 병신이지. 짓밟아버려. 돈을 빼앗아. 그리고 때려. 병신을 만들어버려. 그리고 네놈이 잘난 척을 해. 그러면 다른 약한 놈들은 네놈에게 아부할거야."

마귀는 지구의 영혼에게 소리치고 있었다. 지구의 영혼은 마귀를 볼 수 없었다. 그렇지만 마귀의 생각은 그대로 지구의 영혼에게 전이되었다. 무사시는 계속해서 걸었다. 다른 마귀는 소리치고 있었다.

"니 남자친구를 버려. 저 병신은 힘없고 나약한 놈임. 저 남자를 봐. 잘생기고 성기도 커. 저런 놈을 만나. 아니면 돈 많은 남자를 꼬셔. 니년 몸으로 유혹해서 꼬시는 거야. 그리고 돈을 차지해."

역시 지구의 여성의 영혼에게 소리치고 있었다. 그곳은 악의 온상이었다. 마귀들은 인간의 자유의지에 개입할 수는 없었다. 인간은 주체적으로 생각하고 판단했다. 다만 마귀들은 인간에게 유혹할 수 있었다. 인간들의 마음에 나타나는 사념은 마귀와 감응하여 일어나는 것이었다. 대다수의 인간들은 사념을 떨쳐버렸지만, 그중 나약한 인간들은 유혹의 덫에 걸렸다. 무사시는 조용히 읊었다.

"대자대비 관세음보살. 자비로 중생을 구원하시는 분. 부디 나약한 영혼의 마음을 지켜주시고, 바른길을 걷게 하시기를."

무사시의 눈에는 눈물이 떨어졌다. 인간의 나약함을 바라보는 성스러운 존재를 느꼈기 때문이다.

"자비로움으로 중생을 사랑하고 구제하는이시여… 관자재 보살이시여."

무사시는 천천히 걸었다. 무사시는 곧 수많은 마귀들이 모여있는 곳을 발견한다. 그들은 예배를 행하고 있었다.

"오, 오몬이시여!!!! 강력한 최강의 군주이시여!!!!!"

마귀들이 찬양을 시작했다. 순식간에 사악한 기운이 지옥을 덮었다. 무사시는 눈을 똑바로 뜨고, 살폈다. 수많은 마귀 중앙에 한 악마가 있는 것이 보였다.

무사시는 속으로 생각했다.

'오몬…? 누구지? 악마의 이름인가?'

사악한 기운이 점점 증대되더니 무사시에게도 향했다. 무사시는 검신의 검을 꼭 움켜쥐었다. 마귀들은 곧 무사시를 발견했다. 마귀들이 소리쳤다.

"저 새끼는 누구냐!! 감히 신성한 의식을 방해하다니 죽여버리겠다!!"

수많은 마귀들이 무사시를 덮쳤다. 무사시는 생각했다.

'검신의 검. 정의(正義)로 사(邪)를 제압하도다.'

검신의 검에 서광이 비쳤다. 사악한 기운은 강맹했지만, 무사시는 두려워하지 않고 마귀떼 속으로 뛰어든다. 지옥에 신풍이 불었다. 진정한 성스러운 바람이 사악한 기운과 부딪혔다.

　마귀들이 비명을 질렀다.

'검신이다!! 검신이다!! 죽여라 저놈을!!!!!!!! 으아아악'

　검신의 검은 사악한 기운을 물리쳤다. 순식간에 수십 명의 마귀들이 소멸했다. 하나의 성스러운 춤이었다. 무사시는 계속 속으로 성스러운 만트라를 계속했다.

'정은 사를 제압하도다. 정의는 불의를 이기도다.'

　성스러운 바람은 사악한 기운을 거의 몰아냈다. 그때 오몬이라 불리는 악마는 사악한 미소를 지었다.

'흐흐흐, 검신이라…. 지옥에 쓸만한 놈이 나타났군. 여기서 내 제물이 되어라.'

　무사시는 갑자기 엄청난 압력을 느꼈다. 지구의 중력보다 수천 배는 강한 압박을. 오몬이라는 악마의 힘이었다. 엄청나게 강력한 사악한 힘이었다. 무사시의 검풍은 순식간에 위축되었다. 무사시는 혼신의 힘을 다해 오몬과 싸운다.

  오몬이 소리쳤다.

"인간 따위가 검신을 믿고 여기까지 왔구나. 개새끼. 신의 힘을 보여주마."

  무사시는 오몬의 빈틈을 살폈다. 사악한 기운이 아무리 강력해도 정은 사를 이길 수 없다고 무사시는 생각했다.

  무사시는 속으로 말한다.

'대지의 땅이여, 성스러운 화염이여, 순수한 물이여, 자유로운 바람이여, 그리고 무한한 하늘이여.'

  무사시의 몸에 다섯 개의 륜이 생성되었다. 이 륜은 서로가 서로를 도우며, 사악한 힘에 맞섰다. 악마의 힘은 파괴적이고 강맹했지만, 단단히 결합된 정기를 분쇄시킬 수 없었다.

무사시는 오몬에게 다가간다.

'모든 악(惡)을 무(無)로!'

무사시는 오몬의 이마에 검신의 검을 찌른다. 악마는 매우 고통스러워했다.

'으아아아아아아'

무사시는 속으로 생각했다.

'승리했다!!'

그때 오몬이 말한다.

"으…, 이 개자식. 날 소멸시키다니. 악의 마지막 발악을 보아라!!!!! 네놈을 죽이고 나도 소멸하겠다. 악마의 금단의 힘을!!!"

오몬은 점차 소멸했다. 무사시는 끝난 줄로 생각했다.

그때 오몬에게 남은 악마의 정수가 무사시의 몸속으로 들어갔다. 무사시는 아차 싶었다.

'끝난게 아니었구나..'

무사시는 자신의 몸에서 이상 현상이 일어나는 것을 알았다. 지금까지의 적은, 모두 바깥에 있었다. 일본의 무사들도 조선의 관군들도, 심지어 지옥의 마귀들도. 그러나 무사시는 자신의 정신세계에 무엇인가가 침투했음을 느꼈다.

순식간에 사악한 소리들이 무사시에게 들려왔다. 음란한 내용. 욕설, 모욕들이 무사시에게 쏟아져 들어왔다. 무사시는 몸을 피해서 소리들을 피하려 했다. 그러나 소리들은 그림자처럼 무사시의 정신영역 내에 들어왔다.

고통과 비명. 마치 무사시는 자신이 고통받고 비명을 지르는 듯한 착각에 빠져들었다. 또한 인간의 나약함 추악함이 무사시에게 그대로 전이되었다. 그 인간들은 무사시였다. 다른 누가 아닌, 자기 자신이 고통받고 있는 것이다.

　무사시는 매우 자존심이 강했다. 천하제일의 무사로서, 60번의 혈전에서 모두 이겼으며, 패배를 경험한 적이 없었다. 그러나 패배자의 고통, 약자의 고통과 울부짖음. 그들의 비열한 마음과 조롱하는 마음들이 무사시 자신처럼 느껴졌다. 견디기 어려운 고통이었다. 그동안 생각해온 외부의 악과 약함이 자기 자신이 되어버린 것이다. 무사시는 극렬히 분노했고, 무인이기에 소리들을 공격하려 했다. 그러나 정신세계 안에서 그 소리들을 공격하는 것은 물리적으로 불가능했다.

　무사시는 곧 혼돈에 빠진다. 무사시는 이미 악과 동화되었다. 이미 악의 소리가 무사시가 되어있었고, 약자들의 추함과 고통이 무사시였다. 무사시는 가장 비천하고 형편없고 멸시받는 인간이 되었다. 그 소리들은 무사시를 이상하게 만들었으며, 무사시를 능욕하려 했다. 무사시는 고통을 느꼈다. 자기 자신이 망가지는 것을 자신이 보면서도 그리고 피하려 할수록 조여드는 악마의 손길에서 무사시는 벗어날 수가 없었다.

　무사시는 정심을 유지하려 했다. 즉 그가 배워온 무

사도의 길로, 불도의 길로 바른 마음을 가져서 악을 몰아내려 했다. 그렇지만 악은 떨어지지 않았다. 바른 마음을 가지려 할수록, 반대편에서는 악이 더욱더 득세했다. 무사시는 괴로워했다. 죽고 싶었다. 존재하는 것 자체가 괴로워졌으며, 갖은 망상들이 무사시를 지배했다. 생각에서 벗어날 수 있는 존재는 없었다. 파괴적인 생각. 자기 자신에 대한 극렬한 혐오가 무사시에게 쏟아졌다.

사실 무사시는 바깥과 절연되어 살아왔다. 그러나 악과 하나가 되었을 때 무사시는 자기 자신에 대한 환멸을 느껴버린 것이다. 자기 자신이 악이 되어버리자, 자신을 죽일 수도 그렇다고 악과 하나로 유지될 수도 없었던 것이다.

무사시는 소리쳤다.

"하늘이시여…"

그러나 속에서는 악마의 목소리가 들렸다.

"신은 없어 이 병신새끼야. 여기서 뒈져. 이 쓰레기 새끼야."

무사시는 소리를 피하려 했지만, 마치 자기가 자신에게 하는 말 같았다. 그리고 목소리는 계속 말했다.

"하늘? 널 버렸어. 이 쓰레기야. 네까짓 놈이 하늘을 어떻게 알아? 이 쓰레기야. 죽어 죽어."

무사시는 계속된 고통에 잠시 정신을 잃어버렸다.

그리고 다시 무사시는 눈을 떴다. 따뜻한 손이 무사시의 머리를 어루만지고 있었다. 무사시는 어린 시절이 생각났다. 어머니의 손길이었다. 무사시가 장난꾸러기로 살던 시절. 흙장난을 하고 집에 돌아오면 어머니는 밥을 해 놓고 기다렸다. 무사시는 빨리 밥을 먹고 놀러 나갔다. 무사시가 나가는 것을 보며 어머니는 빙긋 웃음 짓고 있었다. 무사시는 어머니가 좋았다.

언제까지나 함께 있을 것 같았던 어머니. 그러나 죽음은 무사시와 어머니를 갈라놓았고, 어머니는 떠나셨다. 무사시는 남자들의 세계에 살면서 어머니를 잊어버렸다. 늘 전쟁과 경쟁을 추구했고, 승리를 추구했던 병가(兵家)의 무사시. 또한 무사시는 '사랑'이 나약한 감정이라고 여겼다. 그랬기에 강해지려 했고 마음속은 담담했다.

그러나 무사시가 지옥에서 느낀 손길은 인간의 사랑이 아니었다. 그것은 성스러운 누군가의 손길이었다. 매우 따뜻하고 부드러운 신의 손길. 무사시는 눈을 떠서 보았다. 흰옷을 입은 존재가 무사시의 이마를 어루만지고 있었다. 무사시가 말했다.

"관자재보살…?"

그 흰옷을 입은 존재의 손길이 닿자 무사시는 졸음이 몰려왔고, 매우 편안해졌다. 그동안 무사시를 괴롭혔던 악의 망상도 모두 사라지고 없었다.

대청명의 경지

'꿈인가….'

무사시는 다시 찾아보았으나, 흰옷을 입은 존재는 사라지고 없었다. 그 존재가 무사시를 구원한 것이다. 무사시는 다시 검신의 검을 움켜쥐었다. 아직 무사시는 지옥에 있었다. 무사시는 이곳을 나가야 했다. 계속해서 지옥에 있을 수는 없을 테니…. 그러나 검신의 무녀의 소리도 들리지 않았다. 검은 폭풍이 몰아쳤고, 주변에는 아무도 없었다. 시끄럽게 떠들던 마귀들도 고통받는 영혼들도 없었다. 황량했다.

'고독'이었다.

무사시는 갑자기 외로움을 느꼈다. 마치 망망대해에

서 혼자 항해하는 듯한 느낌. 주변에 살아있는 존재는 아무것도 없었다. 무사시 혼자 검은 혼돈 속에 남겨진 것이다.

'외로움, 우울, 고독'
 무사시가 느낀 감정이었다. 무사시는 천천히 걸으며 생각했다. 히무라의 얼굴이 떠올랐다. 눈물을 흘리며 도망쳤던 히무라. 히무라는 밝게 웃고 있었다.
 무사시는 반 혼수상태로 소리쳤다.

"히무라!!!!!"

 그렇지만 그도 잠시 히무라의 얼굴은 사라졌다.
 무사시는 그동안 만나왔던 사람들이 하나씩 떠올랐다. 무사시가 벤 사람들. 검을 나누었던 무사들. 그리고 주몽까지…. 무사시는 그들 모두가 그리웠다. 너무도 지독한 외로움은 가장 미워했던 적이라도 옆에 있고 싶어 하게 만들었다.
 무사시의 눈에는 눈물이 흘렀다.

'외롭다. 괴롭다. 죽고싶다…'

끝도 없이 이어질 것 같은 고독함. 무사시는 어디로 가고 싶어도 갈 수도 없었다. 무엇을 하려 했지만, 주변에는 아무도 없었다. 천하제일의 검신의 검도 그저 하나의 쇳덩이에 불과했다. 무사시는 모든 것이 허무해졌다. 권력, 승리, 천하제일의 칭호까지도….

그동안 추구했던 것들이 가치는 분명 있었다. 그것은 위대한 업적이었다. 그러나 무사시는 깨달았다. 그것은 바로 누군가가 '함께' 있을 때 비로소 빛나는 것임을….

무사시는 무릎을 꿇고 기도했다.

'하늘이시여, 저를 꺼내 주소서. 외롭습니다. 사람들이 보고 싶습니다. 부디 이 지옥에서 꺼내주소서.'

그렇지만 역시 아무 소리도 들리지 않았다. 무사시는 공황상태에 빠졌다. 그는 버려진 것이다. 검신의 검을 쥔 채로…. 지옥 속에 버려진 것이다. 무사시는 미칠 것 같았다. 마음에 가득한 원망이 넘쳤지만 차마 하늘을 욕할 수는 없었다. 그렇지만 원망과 괴로움은 무사시 자신의 것이었다. 무사시는 극렬히 분노했다. 인간의 무력함. 거대한 지옥도 속에서 혼자 버려진 무사시는 갓난아기보다도 약한 존재였다. 아니 아예 의미 자체가 없었다. 자기 자신만이 존재하는 세상은…, 무사시에게 극렬한 외로움을 주었다.

무사시는 다시 하늘에 소리쳤다.

"하늘이시여!! 이 무사시를 버리지 마소서. 이곳에서 벗어나길 원하나이다."

그렇지만 역시 아무도 나타나지 않았다. 무사시는 하늘에 대한 강렬한 의심에 사로잡혔다. 그동안 무사시는 하늘을 공경했다. 그렇지만, 자신이 이런 어려운 상황에서 대답하지 않는 하늘에 대한 원망이 솟구쳤다.

그때 한 소리가 들렸다.

"빠져나가고 싶은가?"

무사시는 고개를 돌려서 소리를 살폈다. 그러나 아무

도 없었다. 이미 무사시의 심신은 약해질 대로 약해진 것이다. 무사시는 애원하듯 말했다.

"누구시오? 여기서 꺼내주시면 감사하겠소."

그러자 그 소리가 말했다.

"그렇게 해주지. 단 조건이 있다."

무사시가 말했다.

"무슨 조건이오?"
그 소리가 말했다.

"영원히 내 노예가 되어라. 그러면 네놈을 이곳에서 빼주지."

그러자 무사시는 정신이 번쩍 들었다. 그리고 일본 무사도의 정신을 잃지 않았다. 이 목소리는 곤경에 처한 무사시의 상황을 이용해서 무사시와 거래를 하는 존재였다. 결코 선한 존재가 아니었다. 무사시가 말했다.

"떠나시오. 그대의 목소리에는 남의 곤경을 이용하는 사악함이 들어있소. 이 무사시는 거절하겠소."

그러자 그 목소리는 말했다.

"카악 퉤. 지옥에서 영원히 고통받아라."

처절한 저주를 뱉고 그 목소리는 사라졌다.
무사시는 또 다시 강렬한 심적 고통에 휩싸였다. 존재 자체의 본성에 대한 생각이 흘렀다.

'이렇게 외롭지만, 누구도 구원해 주지 않는구나. 의를 말하고 협을 말하고 인의예지와 자비를 배웠지만, 저런 목소리가 나에게 나타나는구나. 선은 무엇이고 어디에 있는가? 이 지옥 속에서 선을 어떻게 발견할 수 있단 말인가? 왜 하늘은 내 기도에 응답하지 않으시는가….

나를 버리셨단 말인가….'

 무사시는 조용히 땅에 앉는다. 그리고 좌선을 시작한다. 무사시는 조용히 상념을 지운다. 선을 묵상하며, 내면의 사악함을 지운다.
 사실 무인이란 강함을 추구하는 존재다. 검으로 상대를 이기는 것이 곧 무인이 추구하는 길. 그렇지만, 무사들의 가장 큰 상대는 바로 자기 자신이었다. 자기 자신을 절제할 수 없다면, 그것은 아무리 강해도 흉한 칼이 될 뿐이었다. 무사시는 지옥에서 무사도를 깨우친다. 바로 최대의 적은 바로 자기 자신의 마음에 있음을….
 그렇게 얼마나 시간이 지났을까…. 무사시는 조용히 일어선다. 그리고 무사시는 말한다.

'대청명의 경지.'

 무사시의 마음에는 일점의 악도 없었다. 그는 순수의식으로 거대한 하늘처럼 내면의 악을 모두 지운 것이다.
 무사시의 의식은 투명처럼 빛났다. 마치 다른 사람이

된 것 같았다. 그때 검신의 무녀의 소리가 들렸다. 마치 천사의 목소리와 같았다.

"미야모토! 모든 시험을 통과했군요. 검신께서도 기뻐하고 계십니다."

미야모토는 잔잔히 웃음을 지었다. 밝은 서광이 무사시의 몸 안에 흐르고 있었다. 순간 무사시는 어디론가 몸이 이동하는 것처럼 느꼈다. 그리고 눈을 떠보니 신궁의 바다가 보였다. 다시 지구에 돌아온 것이다. 신선한 산들바람이 무사시에게 스쳐 지나갔다. 무사시는 지구의 공기가 이렇게 아름다운지, 얼마나 상쾌한지를 깨달았다. 푸른 바다 끝없는 하늘 속에서 무사시는 청명함을 느꼈다.
 '대자연'은 무사시를 반갑게 맞이하고 있었다. 한 꽃들이 무사시에게 인사를 하는 듯했다. 무사시는 빙긋 웃었다. 너무도 아름다운 지구였다. 비록 다툼과 전쟁도 있었다. 분열과 괴로움도 있었다. 질병도 있었다. 그렇지만 인간은 이겨낼 것이다.

우리의 인생은 하나의 시험이자 모험이었다. 무사시처럼 무를 추구하며 혹은 무언가를 추구하며 각자의 인생길을 걷는다. 때로는 외로운 고독 속에 빠지며, 악령의 꾐에, 사념에 빠지기도 한다. 또한 나약한 모습으로 패배의 고통, 비열함 등이 우리 안에 있기도 하다. 그렇지만 인간은 이겨낼 것이다. 지구에서의 모험도 심지어 지옥에서의 시련도….

무사시는 검신의 검을 뽑아 하늘을 바라보았다. 그리고 하늘께 검무를 바친다. 하나의 춤처럼, 즐거운 검무가 이어지고 그렇게 조용히 해는 저물어갔다.

한 소녀가 무사시 뒤에서 빙그레 웃음 짓고 있었다. 검신의 무녀였다. 무사시는 그녀를 보자 매우 사랑스러움을 느꼈다. 검신의 무녀는 천사처럼 무사시를 바라보고 있었다. 순수한 얼굴에 아름다운 홍조까지…. 무사시는 검을 떨어트리고 그 소녀에게 다가간다. 그렇게 사랑은 이어졌다.

제 6 장

평화와 화해

검은 쇼군에게로

한 달 후, 무사시는 검신의 무녀와 결혼생활을 했다.

꿈과 같은 신혼 속에서 무사시는 도원경을 맞본다. 육체적, 정신적 사랑을 나눈 무사시는 매우 행복해했다. 그렇게 끝없는 나날이 이어지기를 바라며…. 무사시는 곧 일본이 생각났다.

'아직도 많은 무사들이 검을 찾고 있을까? 이 검으로 어떤 일을 해야 하나…'

그렇게 상념에 잠긴 무사시…. 그때 검신의 무녀가 말한다.

"미야모토, 일본을 생각하고 있나요?"

그러자 무사시가 말한다.

"아직도 검신의 검을 찾고 있는 무사들이 많을 것이고, 서로를 적대시하고 죽이려 할 것이오."

그러자 무녀가 말한다.

"도쿠가와 이예야스에게 검신의 검을 선물하세요. 그러면 무사들도 이제 검신의 검이 어디 있는지 알 것입니다."

무사시가 말했다.

"좋은 생각이오. 일본의 미래와 일본의 번영을 위해 도쿠가와에게 검을 선물하겠소."
무녀가 빙긋 웃었다.

"검신의 검과 함께 검신의 말씀을 도쿠가와에게 전하세요. 일본의 막부는 앞으로 평화가 몇백 년간 이어질 거라는 것을요!"

 무사시도 마음이 놓였다.

"사실, 일본이 다시 전란에 휩싸이지 않을까 걱정되었소. 그러나 검신의 말씀을 들으니 마음이 놓이는구려."

 무사시는 곧 신궁을 나와 도쿄로 향한다. 검신의 검을 손에 쥐고. 도쿠가와는 곧 첩보를 받게 된다.

"이천일류의 미야모토 무사시가 쇼군께 검신의 검을 봉헌하러 왔다고 합니다."

 도쿠가와는 빙그레 웃음을 지었다.

"미야모토, 검신의 검을 손에 얻었구나. 나에게 오다니 용기가 가상하군."
 도쿠가와는 곧 전군을 소집한다. 수만 명의 무사들이 일렬로 나열시키고 도쿠가와는 가장 높은 상석에 앉는다. 호랑이와 매같은 무사들은 진검을 가지고 도열한다. 무사시는 가벼운 차림으로 검신의 검을 가지고 천천히 걷는다. 수만 명의 무사들의 눈빛을 받으며…. 그리고 그 끝에는 도쿠가와 이예야스가 있었다.

도쿠가와는 처음부터 무사시를 주시한다. 무사시는 마치 산들바람처럼 유유히 무사들 사이를 걸어 도쿠가와 앞에 선다. 맑은 수정 같은 무사시의 영혼이 도쿠가와에게 비쳤다. 도쿠가와는 말을 하려 했다. 그때 도쿠가와의 뇌리에는 한 목소리가 들린다.

"그대가 만나는 사람은, 검신의 검을 가지고 왔다. 일본 최고의 지도자여. 신의 권위를 받으라."

도쿠가와는 몸이 떨려왔다. 어디서 들리는 소리인지도 몰랐다. 그는 위엄을 애써 갖추고 무사시에게 말한다.

'미야모토 무사시. 검신의 검을 내게 가져오니 영광이오.'

미야모토는 조용히 두 손으로 도쿠가와에게 검신의

검을 봉헌한다. 수많은 무사들의 눈이 도쿠가와와 미야모토에게 향했다. 미야모토가 말했다.

"검신의 말씀을 도쿠가와 쇼군께 전달하오. 앞으로 도쿠가와 막부는 축복을 받을 것이며, 수백 년간 존속한다는 말씀이시오. 검신께서 일본의 법통을 도쿠가와에게 전하신다는 내용이오."

도쿠가와는 검신의 검을 받고 머리를 숙였다. 하늘에 붉은 노을이 아름답게 빛났다.

무사시는 쇼군의 거처를 나와 홀가분하게 나왔다. 그는 다시 신궁으로 돌아가 소녀를 보려고 했다. 그때 무사시는 사람들 중에서 한 사람을 발견한다.

"히무라!!"

삿갓을 쓴 한 무사가 도망치려 했다. 무사시는 소리쳤다.

"히무라 괜찮아!!!"

그러자 히무라는 곧 발걸음을 멈춘다. 그리고 삿갓을 던지고 무사시에게 안긴다.

"무사시…, 미안해…, 너무 미안해…."

히무라는 무사시의 품 안에서 눈물을 흘린다.
무사시는 조용히 히무라를 안아주며 말한다.

"괜찮아. 히무라 괜찮아."

무사시가 말했다.

"히무라, 우리 같이 돌아갈까?"

히무라가 눈물을 닦고 말했다.
"그래!!!!"

검신의 바람

초판 1쇄	2021년 02월 15일

지은이	이웅
발행인	김재홍

발행처	도서출판지식공감
브랜드	비움과채움
등록번호	제2019-000164호
주소	서울특별시 영등포구 경인로82길 3-4 센터플러스 1117호(문래동1가)
전화	02-3141-2700
팩스	02-322-3089
홈페이지	www.bookdaum.com
이메일	bookon@daum.net

가격	12,000원
ISBN	979-11-5622-577-5 03810

비움과채움은 도서출판지식공감의 임프린트 출판입니다.

ⓒ 이웅 2021, Printed in South Korea.

- 이 책은 저작권법에 따라 보호받는 저작물이므로 무단전재와 무단복제를 금지하며, 이 책 내용의 전부 또는 일부를 이용하려면 반드시 저작권자와 도서출판지식공감의 서면 동의를 받아야 합니다.
- 파본이나 잘못된 책은 구입처에서 교환해 드립니다.
- '지식공감 지식기부실천' 도서출판지식공감은 창립일로부터 모든 발행 도서의 2%를 '지식기부실천'으로 조성하여 전국 중·고등학교 도서관에 기부를 실천합니다. 도서출판지식공감의 모든 발행 도서는 2%의 기부실천을 계속할 것입니다.